부검
스페셜리스트

부검 스페셜리스트 1

가프 현대 판타지 소설

초판 1쇄 찍은 날 § 2020년 2월 24일
초판 1쇄 펴낸 날 § 2020년 3월 2일

지은이 § 가프
펴낸이 § 서경석

총괄팀장 § 노종아
편집책임 § 박현성
디자인 § 소소연

펴낸곳 § 도서출판 청어람
등록번호 § 제387-1999-000006호
등록일자 § 1999. 5. 31
어람번호 § 제1-3090호

주소 § 경기도 부천시 부일로 483번길 40 서경B/D 3F (우) 14640
전화 § 032-656-4452 팩스 § 032-656-4453
http://www.chungeoram.com
E-mail § chungeorambook@daum.net

ISBN 979-11-04-92152-0 04810
ISBN 979-11-04-92151-3 (세트)

가프 현대 판타지 소설

1

청어람

부검
스페셜리스트

MODERN FANTASTIC STORY

목차

제1장

—

아름다운 카데바?

"비골 하나 어디 갔어?"

첫 해부학 실습이 끝나자 교수가 호통을 쳤다. 종아리 부근의 날씬한 비골이 하나밖에 보이지 않는 것이다. 실습실에 난리가 났다. 비골은 어디서도 나오지 않았다.

"잘한다. 이게 고인에 대한 예의야? 못 찾으면 아무나 한 사람 거 빼서 채워놔."

교수는 엄명을 남기고 실습실을 나갔다.

"누구 뼈를 추리냐?"

조장을 맡은 과 수석 민수아가 울상을 지었다. 초강력 포르말린 향에도 꿋꿋하던 그녀였지만 사라진 비골을 찾을 재주는 없었다.

비골은 옆방 해부 실습실에서 귀환했다. 귀신이라 걸어갔다 온 게 아니었다. 그쪽은 대퇴골 이하가 없던 시신이라 설명상 필요했던 것. 모두가 정신 팔린 사이에 그 조의 조장이 들어와 집어 갔던 모양이었다. 해부는 처음부터 악몽이었다.

검시 강의도 그랬다.

일본에서 일어난 혈관 공기 주입 살인사건 강의 시간이었다. 인간의 뇌혈관에 공기를 주입하면 어떻게 될까? 뇌경색 증상을 보이며 사망한다. 보험금을 노린 간호사가 환자를 대상으로 범행을 했다. 그러나 혈관에 들어간 게 공기이므로 검시로 밝힐 수 없었다. CT로 보면 공기 주입이 확인되지만 뇌혈관에 공기가 들어가는 질병은 아직 밝혀진 게 없었다. 검시 의사는 급성 심부전증으로 검시를 끝냈다. 그러나 재부검으로 공기 주입이 확인되면서 검시 의사는 곤혹을 치렀다.

의사도 사람이다. 모든 질병을 책임질 수는 없다. 그렇기에 카데바나 해부하고 사인이나 따지는 부검의, 즉 검시관처럼 골머리 아픈 건 비호감이었다.

창하도 다르지 않았다. 설령 성적이 좋지 않아 남들이 기피하는 외과, 소아 흉부외과, 산부인과 등의 전공의가 된다고 해도 검시관이 될 생각은 티끌만큼도 없었다. 영화 속처럼 아름다운 카데바 같은 건 현실에 없기 때문이었다.

하지만.

세상일이 생각대로만 되는 건 아니다. 너무 강하게 부정하면 긍정이 되는 수가 있다. 때려죽여도 검시관은 되지 않을 거라던 창하가 그랬다.

제2장
—
운명의 콜을 받다

"의대 가면 자가용 비행기하고 세상에서 제일 비싼 스포츠카 사줄게."

생전 할머니의 말이었다.

"예쁜 여자는?"

"왜? 이 할미가 대한민국에서 젤로 예쁜 여자로다가 중신해 주마. 너는 그저 의대만 가렴."

할머니의 의사 찬가는 그치지 않았다. 할머니 집안에 어의 급 명의가 많았던 까닭이었다. 그중 한 사람은 임진왜란 중에 왜병을 해부해 조선 의서 최초의 해부의로 기록된 분이었다.

"알았어."

창하가 답했다.

진짜는 검사가 되고 싶었다. 의사든 검사든 문제없는 학교 성적이지만, 의사는 할머니 비위를 맞춰준 것뿐이었다.

할머니가 노래하던 의사의 꿈은 연이은 불행 '덕분에' 현실이 되고 말았다.

아버지의 사고사였다. 고등학교 때였다. 야자를 마치고 돌아오니 2층으로 올라가는 계단 아래 아버지가 쓰러져 있었다. 할머니는 기도를 위해 절에 간 날이었다. 경찰은 사고사로 처리했다. 술을 마셨고 외부 침입 흔적이 없는 데다 목과 후두부에 약간의 상처 외에는 외표 검사에 유의미한 상처가 없다는 게 근거였다.

"우리 아빠가 이렇게 돌아가실 리 없어요."

창하가 항변했지만 최초 발견자로서 경찰서의 조사 대상자일 뿐이었다.

"안됐다만 받아들이거라."

아버지의 절친이었던 나동광이 말했다. 그는 관할서 형사팀장으로 현장을 지휘했다. 할머니는 조선 최초의 해부의 집안답게 부검을 요구했다.

당일 지역 검시관 사무소에서 부검이 행해졌다. 할머니가 참관을 했다. 머리 뒤에 약간의 타박상, 늑골 세 개 골절에 뇌조직의 출혈 소견이 나왔다. 술을 마시고 2층 계단에서 굴러 떨어지면서 머리를 부딪친 '사고사'로 확정이 되었다.

아버지는 술에 취해 계단에서 구를 사람이 아니야.

믿기지 않지만 받아들이는 수밖에 없었다.

장례식장에서 입관을 했다. 할머니와 이모, 창하, 창길, 그리고 나동광 등이 참관을 했다. 아버지의 시신은 좀 무거웠고 수의를 입히기 위해서는 등을 들어야 했다. 담당 장례지도사의 체격이 작으니 시간이 다소 걸렸다. 그때 드러난 아버지의 등짝. 그 등짝에 누가 민 듯한 두 손의 자국이 비교적 선명했다.

손자국.

아버지의 어깨와 등에 왜 손자국이 있을까?

"할머니."

할머니에게 눈빛을 보내보지만 넋을 놓은 할머니는 그저 창하를 안아줄 뿐이었다.

찰칵!

사진을 찍었다. 창하도 모르는 사이에 나온 행동이었다.

비극은 할머니에게로 이어졌다. 아버지로 인한 상실감 때문에 지병이 도지며 숨을 거둔 것이다. 창하에게 남긴 건 낡은 은반지 하나였다.

화목하던 집안은 박살이 나고 창하와 창길 두 형제만 남았다. 형은 외국 유학 중이라 학업을 마치기 위해 다시 돌아갔으니 대한민국에는 창하 혼자였다.

'대한민국 경찰, 검찰 새끼들 빅 엿이나 먹으라지.'

건강하던 아버지의 돌연한 주검에 대한 의문을 묵살해 버린 경찰과 검사. 반항심리가 생기면서 담임이 권하는 의대 진학을 받아들였다.

이모 집으로 옮겨 가 고3을 마쳤다. 잇단 충격으로 성적이 하향하면서 인서울 의대로 만족했다.

이제 창하의 꿈은 잘나가는 의사였다. 예과부터 본과 2학년까지는 좋았다. 그만하면 피부과 안과, 성형외과도 노릴 수 있었다. 하지만 여기서 또 발목을 잡혔다. 이번에는 원인 불명의 신열 공습이었다. 3학년 중간고사 중에 발병한 병은 남은 학교 성적을 제대로 망쳐놓았다. 눈만 감으면 못난이 사자처럼 생긴 괴물이 날뛰고 불 고리에 걸려 타 죽는 악몽에 시달렸다. 악몽이 1년 가까이 지속되니 빅 쓰리의 꿈이 해부병리로 바뀌게 되었다.

"병리과?"

유학에서 돌아와 회계사로 자리 잡은 창길이 물었다. 앞에 붙은 '해부'는 창길의 정서적 안정을 위해 생략해 주었다.

"여자가 많거든."

창하의 답은 합리적이었다.

"And 칼퇴근 가능."

워라밸이 가능한 의사. 빅 쓰리에 비하면 수입이 줄겠지만 최상급 핑계였다.

"모든 병을 알지만 아무것도 안 하는 게 내과, 제대로 모르지만 설레발은 다 치는 외과, 아는 것도 없고 하는 것도 없는 정신과, 하지만 병리과는 모든 것을 알고 모든 것을 하거든."

마무리 멘트도 환상이었다. 오래전에 미국 의대생들 사이에 유행하던 것을 패러디한 것. 물론 숫자에 묻혀 사는 형이 알 리 없다.

"하긴, 네가 어릴 때부터 해부나 조립 같은 건 기막히게 잘했지."

형은 창하의 선택을 존중했다.

그렇게 신라대학병원에서 해부병리과 레지던트를 마쳤다. 엊그제 발표한 전문의 시험도 사뿐하게 합격을 먹었다. 해부병리과장과 원장의 눈에 들어 귀한 페이 닥터 자리도 내정이 되었다. 계약서 사본도 받아놓았다. 그로스와 네트의 선택권도 주어졌다. 그로스는 세전, 네트는 세후 연봉을 말한다. 봉직의 선배들의 조언에 따라 그로스로 택했다. 이제 오늘 밤 자정 안으로 서류만 접수하면 끝이었다.

전공의 과정의 긴장이 풀린 탓일까? 마지막 날의 일진은 이상하리만치 꽈배기처럼 꼬였다.

시작은 상큼했다. 13년간 봉인해 두었던 할머니의 은반지를 만난 것이다. 잊었던 할머니 생각이 나면서 콧등이 시큰해졌다.

"할머니, 저 드디어 전공의 끝내고 '진짜' 의사가 돼요. 취직 자리도 결정되었고요."

할머니에게 보고를 했다.

'엇?'

반지를 만지다 깜짝 놀랐다. 햇빛이 닿자 프리즘처럼 사방으로 빛을 튕겨내는 게 아닌가?

할머니가 응답하는 걸까? 빛은 하늘에 닿으려는 듯 멀리도 날아갔다. 하지만 착각이다. 자세히 보니 그건 그저 낡은 은반지일 뿐이었다.

가볍게 키스와 함께 제자리에 넣어두고 출근을 했다. 모닝커피 한 잔의 여유까지도 달달한 시간이었다.

그다음부터 꼬였다. 고정액이었다. 조직의 고정이나 염색 등은 주로 병리사가 수행한다. 그 선임 병리사가 휴가를 가버리고 없었다. 후배들 시키려다 인심 한번 쓰자는 생각에 검사대에 앉았다.

오늘의 조직은 림프절이었다. 림프절과 비장, 골수 등의 고정에는 포르말린 대신 젠커를 쓴다. 젠커야말로 핵 관찰에 있어 스페셜리스트였다.

'젠커, 너 오랜만이다.'

오랜만에 실시하는 조직의 고정. 병리사들 틈에서 너무 여유를 부렸을까? 그녀들의 속삭임까지 듣게 되었다.

"그 얘기 들었어?"

"관상동맥 이상으로 쓰러졌다 회생했다는 시신 운반실 아저씨?"

"그래. 박상도 아저씨 투명 인간이 되었대."

"투명 인간?"

"저번에 시신보관실에 도난 문제가 생겨서 CCTV 돌려봤는데 다른 사람 다 보이는데 그 아저씨 모습만 안 보이더래."

"어머어머, 진짜? CCTV에 문제가 있는 거겠지?"

"너무 잘생겨서 안 보이나? 그 아저씨가 한 인물 하잖아? 카메라가 질투하는 거야."

"그 아저씨 회생한 뒤로 좀 이상하긴 하대. 핸드폰도 안 쓴다던데?"

"어머, 완전 자연인이네?"

거기까지 엿듣게 되었을 때 그녀들 중 한 사람이 창하를 불렀다.

"이 선생님."

"……?"

창하, 목구멍이 뜨끔했다. 깜빡 탈젠커를 빼먹은 것이다. 젠커 고정액은 염색에 들어가기 전에 탈젠커화를 통해 침착된 수은을 제거하는 과정이 필수적이다. 그렇지 않으면 검은 침전물이 절편 내에 남게 되는 것이니 의대생 실습 때도 일어나지 않는 대실수였다.

병리사 앞에서 쪽 제대로 팔렸다.

두 번째는 암 조직 리딩이었다. 스테이지II로 리포팅해야 할 환자의 슬라이드를 스테이지IV로 결과를 내고 말았다. 신장내과에서 확인 콜이 들어왔다. 스테이지II와 IV는 하늘과 땅 차이. 암 초기를 말기로 리딩한 꼴이었다.

—이 결과 맞습니까? 과장님은 임파 전이가 없어서 잘해야 스테이지II로 생각하고 계시던데?

전화를 건 사람은 레지 2년 차였다. 아직 뭐가 뭔지 모르고 날뛸 때였다.

짜식!

"조직 표본상에는 그렇게 나옵니다. 내가 두 번이나 본 거거든요."

보란 듯이 냉소를 흘릴 때 전화가 다시 들어왔다. 이번에는 신장내과과장이었다.

"김기팔 환자, 글쎄, 틀림없다니까요… 업?"

샘플 슬라이드를 들고 기고만장하던 창하의 눈이 휘둥그레졌다. 슬라이드에 적힌 이름은 공성진이었다. 그러니까 다른 환자의 슬라이드를 리딩한 거였다. 귀신 들림의 시작이었다.

그리고…….

창하의 운명을 바꿔놓은 마지막 대실수…….

논문 자료를 부탁한 법의학 교실 교수 방에서 폭발하고 말았다.

펑, 하고 말이다.

"어, 이 선생."

법의학 분야의 권위자 송대방 교수. 레지던트 1—2년 차를 모아놓고 부검 어시스턴트 지원을 받고 있었다. 국과수에서 초빙한 부검 건이었다. 현장 공부도 시킬 겸 레지던트 한 명을 데려가려는 것이다. 전공의들은 난처함에다 곤란함이라는 소스를 질퍽하게 비벼놓은 얼굴들이었다. 최근 들어 전국을 공포로 몰아넣은 미궁 살인 때문에 더했다.

「세기적 미궁 살인사건」

작년 말부터 시작된 기묘한 살인사건. 어제 여섯 번째 희생자로 보이는 시신이 발견되었다. 그건 인간의 짓이 아니었다. 그렇다고 엽기로 회자되던 중국 동포의 토막 살인이나, 남편을 갈아버린 제주도의 사건처럼 잔혹하지는 않았다.

기묘하게도 심장만을.

톡.

떼어 간 사건이었다.

범인은 오리무중이었다. 여섯 건의 살인이 일어나는 동안 목격자 하나 나오지 않았다. 수사기관은 집단 패닉에 빠져 버렸다.

더 난감한 건 도구였다. 칼도 아니고 망치도 아닌 제3의 흉기라고 했다. 인체해부학 구조를 모르면 불가능한 시도였다. 오죽하면 해부병리의나 전현직 검시관 등의 전문 직업인이 범인이라는 소문조차 돌고 있었다.

물론 송 교수가 초빙되는 부검은 그 부검이 아니었다. 그러나 원래도 법의학 전공을 기피하는 전공의들. 부검의 부 자만 들어도 경기를 일으킬 지경이었으니 누구도 나서지 않았다.

"뭐야? 아무도 안 돼?"

송 교수 미간이 찡그려졌다.

"저는 오늘 수술실을 세 군데나 돌아야 해서……."

"저도 리포팅하고 리딩해야 할 조직 슬라이드가 산더미……."

전공의들의 목소리가 기어들어 갔다.

"이 친구들이 진짜… 그럼 내가 저기 이창하 선생이랑 갈까?"

"……."

전공의들은 단체로 꿀 먹은 벙어리 모드였다. 당연히 창하가 갈 수 없다. 레지던트 말년 차에 전문의 시험에 합격한 신분이니 뭐든 열외기 때문이었다.

너희들이 가라.

2년 차들이 1년 차들에게 광폭 레이저를 쏠 때였다. 논문 자료를 놓고 슬그머니 나가야 했던 창하, 자신도 모르게 입을 벌리고 말았다.

"제가 가겠습니다."

응?

내가 간다고?

나 지금 제정신?

대답하고 난 후에 찌그러진 창하 표정이 그랬다.

                    *   *   *

'아이돌 출신 황나래?'

창하 눈이 휘둥그레졌다. 형사가 꺼내놓은 현장 사진의 주인공은 분명 황나래였다.

"황나래 맞습니다."

광배가 말했다. 52세, 임상병리사 면허에 대학원 석사 학위 소지자. 수많은 부검 경력 덕분인지 무덤덤한 얼굴이었다.

"발견 당시 모습입니다."

형사가 몇몇 자료를 더 보태놓았다. 현장 조사 기록이었다. 별장 침실은 전소를 했고 황나래는 문 앞에 쓰러진 채 발견이 되었다. 발화는 창가 가구의 커튼에서 시작된 것으로 나왔고 화장대에는 코냑을 마시다 만 흔적이 있었다.

발화의 원인은 촛불로 판명이 되었다. 황나래는 합성수지로 만든 미니 피규어와 향초를 좋아했다. 미니 피규어는 작은 박물관을 만들 정도였고 향초 역시 직접 만들어 팬클럽이나 독거노인들에게 보낼 정도였다.

"술에 취한 것 같습니다. 남편 진술에 의하면 올해 연예계 복귀를 타진 중이었는데 그게 미뤄지면서 실망감에 술을 시작했고 덕분에 살이 쪄서 우울증 증세를 보였다고 합니다. 해서 마음을 위로해 주기 위해 오전에 별장에 내려가 있었는데, 오후에 소속 가수들이 공연하던 무대가 무너져 서울로 잠시 상경하던 중에 톨게이트를 앞두고 그쪽 소방서의 전화를 받았답니다. 행선지를 바꿔 다시 별장으로 갔지만 황나래는 이미……."

부검은 남편이 먼저 제의했다. 경찰에서 제시한 범죄 가능성 때문이었다. 그 역시 용의자의 한 사람에 속했지만 의심은 오래 가지 않았다. 화재 발생 시각에 그는 서울 가까이에 있었다. 톨게이트의 통과 기록과 차량, 통화 기록으로 증명이 된 것이다.

흔히 그렇듯 부검의 쟁점은 두 가지로 나뉜다.

화재사냐, 타살이냐?

그 큰 주제 아래 작은 주제들이 뒤따른다. 만약 화재가 나기 전에 심근경색 같은 것이 왔다면, 혹은 누군가 술에 약물을 탔다면 심근경색이나 약물중독사가 되는 것이다.

간단한 사건 개요를 듣고 부검실로 입실했다. 차가운 스테인리스 부검대 위에 누운 사체는 분명 황나래였다. 전공의도 라인 끝내주는 여자 아이돌 정도는 알고 있다.

외표는 참담했다. 표피가 벗겨져 진피가 노출된 건 물론이고 검댕과 함께 군데군데 드러난 수포와 열 강직이 심각했다. 화재로 숨진 시신은 특별히 더 끔찍하다. 정신 줄 놓고 자청한 실수치고는 대가가 컸다.

황나래 27세.

2년 전까지만 해도 방송가를 뜨겁게 달구던 인기 스타였다. 수십 년 만에 나온 걸출한 가창력을 겸비한 연기파였기에 영화와 드라마의 시선까지 한 몸에 받았다. 완벽한 미모에 완벽한 몸매. 그녀는 대한민국만이 아니라 할리우드와 중국에서도 러브 콜을 받는 스타로 떠올랐다. 그 증명은 영화였으니 '조선 여의(女醫)'로 1,400만 관객을 끌어모으며 관객 동원의 신기록을 갈아 치웠다.

벼락 스타는 벼락 결혼을 했다. 상대는 재력에 참신성을 바탕으로 청와대 수석과 장관 입각을 거쳐 3선 의원이 된 조경국의 아들 조민수였다.

직업은 연예 기획사 사장이었고 얼굴 또한 탤런트 뺨치는 미남이었다. 비밀리에 결혼식을 치렀음에도 첩보전을 방불케 하는 팬들의 난입(?)으로 신혼여행 비행기까지 놓쳐 화제가 되기도 했다. 그 후 2년, 황나래는 일체의 보도에 나오지 않았다. 그러다 이틀 전에 비로소 언론에 이름이 나왔다.

「톱스타 황나래 별장 화재로 사망」

언론의 보도 비중은 작았다. 여섯 번째로 보이는 미궁 살인 사체가 나왔기 때문이다. 언론의 시선이 그쪽으로 쏠렸으니 빅 스타의 주검조차 큰 이슈가 되지 못했다.

"시작하시게."

송대방 교수가 지한세 검시관에게 메스를 양보했다. 초청 부검이라지만 이곳은 국과수 부검실. 주인에게 양보하는 게 옳았다.

"알겠습니다."

푸른 수술복에 일회용 앞치마를 두른 지한세가 메스를 잡았다. 관계를 따지면 둘은 선후배 사이였다. 송대방 교수가 국과수에 근무할 때 지한세가 후임자였던 까닭이었다. 어시스턴트는 창하와 국과수 소속의 병리사 두 사람. 하지만 참관자도 둘이었으니 황나래의 조모 김순애와 담당 형사였다.

남편은 객관성 확보와 호사가들의 입담 방지를 위해 국과수 외의 공동 부검의로 송대방을 지명했다. 그만큼 송대방의 부검 신뢰성은 높았다. 12년 전 칼날 같은 부검 소견으로 정권의 치부에 경종을 울린 후부터였다. 그 후에 국과수를 나와 의대 교수가 되었고 국과수의 아웃소싱으로 이루어지는 지역 검시관 사무소로 지정되어 국과수에서 의뢰하는 사체를 부검하고 있었다.

그렇기에 창하도 부검은 처음이 아니었다. 법의학을 전공하는 의사는 병원이나 의대 안에서도 천연기념물만큼이나 희귀했으니 해부병리나 임상병리 전공의들이 어시스턴트로 콜 당하는 경우가 있었던 것이다.

일부 전공의들은 부검 후에 충격을 먹는 경우가 있지만 창하는 그렇지 않다 보니 호출 빈도가 높았다. 인간의 구성을 낱낱이 분해해 보고 그로 하여 주검의 원인을 규명하는 일. 일 자체는 취향에 맞았다. 단지 적은 연봉에 사체 부검이나 하는 일이 싫어 직업으로 고려하지 않았을 뿐.

신이 내린 몸매의 황나래.

그러나 '아름다운 사체는 없다'는 진리의 확인일 뿐이었다. 미녀든 추녀든, 젊은이든 늙은이든 죽음은 그저 죽음일 뿐이었다.

"10시 40분 황나래 부검 시작합니다."

지한세의 선언과 함께 공식 부검이 진행되었다.

"후두부에 타박상이 있군요."

외표 검사에 돌입한 지한세가 뒤통수에서 작은 상처를 찾아냈다. 그도 노련했다. 일 년에 200여 건 이상의 부검을 하며 쌓은 내공 덕분이었다.

"뭔가에 부딪친 것 같은데 사인이 될 만한 일은 아니로군."

송 교수도 확인을 한다.

찰칵!

국과수의 어시스턴트가 상처에 자를 대고 사진을 찍었다. 시신의 손상은 온몸에 있었다. 그러나 피부가 다 녹지는 않았으니 소방서가 별장에서 멀지 않은 까닭이었다.

머리를 놓고 등과 팔, 겨드랑이 등을 차근차근 살핀다. 화상 부위가 붉게 변하고 물집이 생기면서 속살이 드러난 부위가 많았다. 이런 경우는 2도 화상이다. 그러나 어떤 곳은 피부 껍질이 쭈글거리고 노란 피하지방과 붉은색을 띠는 근육조직이 보이니 3도다. 팔꿈치와 손은 뼈까지 까맣게 타들어갔으니 4도 화상으로 기록이 되었다.

"체내 일산화탄소 헤모글로빈 수치 나왔나?"

송 교수가 지한세에게 물었다.

"66%라고 하더군요."

"치사 수준이군."

"알코올이 한몫을 한 것 같습니다. 알코올 농도도 굉장히 높았습니다."

지한세의 메스는 양쪽 쇄골을 시작으로 복장뼈를 따라 내려갔다. 소위 말하는 Y자 형태로 피부와 지방, 가슴 근육을 깊숙이 갈라내는 것이다. 그렇다고 부검에 Y자 절개만 있는 건 아니었다. 때로는 일자로 가르기도 하고 U자로 절개할 수도 있었다.

복부의 살을 걷어내자 복막이 고스란히 드러났다.

'깔끔하군.'

창하도 절개에 소질이 있다는 말을 많이 들었다. 하지만 지한세의 절개는 정말이지 군더더기 하나 없었다.

두 집도의의 관심은 기도로 옮겨 갔다. 화재 현장에서 나온 시신은 기도가 중요하다. 화재로 죽은 사람의 기도 점막은 검댕으로 가득 차기 때문이다. 인턴이나 내과 전공의들이라면 골초의 흡연을 의심한다. 그러나 제아무리 골초라고 해도 화재 현장 시신에서 나오는 검댕과는 비교가 되지 않는다.

검댕은 화재로 죽었다는 방증이다. 산 사람이 불을 만나면 당연히 호흡을 하게 되고 그 매연과 연기, 유독가스 등으로 기도가 까맣게 변하기 때문이다. 그러나 죽은 상태로 불 속에 던져지거나, 사람을 죽인 후에 불을 지르면 호흡을 하지 않으므로 기도가 깨끗하게 나온다. 이것을 일러 생체반응, 혹은 생활반응이라고 말한다.

상기도를 적출하지 않은 상태에서 절개를 했다. 코나 입에 든 검댕이 기도를 오염시키는 걸 방지하려는 스킬이었다. 그 과정은 송 교수가 맡았다. 그 메스 역시 노련했다.

기도에 검댕이 보였다. 비강과 호흡기관도 예외는 아니다. 그러니까 누군가 먼저 황나래를 살해한 후에 살인을 감추기 위해 불을 낸 건 아니라는 뜻이었다.

찰칵!

검댕이 달라붙은 기도가 사진으로 찍혔다.

설골을 건너뛰는 게 아쉬웠지만 검댕을 확인했으니 목을 졸라 죽이는 액사는 생략하는 모양새였다.

송 교수, 복막 안의 장기를 정리하나 싶더니 심장을 움켜쥐고 있었다. 심장과 동맥을 잘라 이상 유무를 확인한다. 급성 심근경색으로 죽으면 심장에 동전 크기의 구멍이 뚫린다. 때로는 심벽이 파열되는 경우도 있다. 점액종성변성이나 죽상경화반도 돌연사의 원인이 될 수 있다. 황나래에게는 그 어떤 문제도 없었다.

다만 초기 간경화의 소견이 눈에 띄었다. 간암도 그렇지만 알코올에 찌든 사람의 간은 퉁퉁하다. 어쩌면 서구화된 식사를 했을 수도 있다.

이런 기름기에 더해 미끄럽기도 했으니 어시스트를 하던 국과수 직원이 놓칠 뻔하기도 했다. 간을 놓치면 곤란하다. 자칫하면 산 물고기처럼 부검대 위에서 스케이트를 탈 수도 있기 때문이었다.

"생각보다 주당이었던 모양이군. 초기 알코올 중독 같지?"

송 교수가 의견을 내니 지한세가 동의를 했다.

"림프샘은 정상, 약물이라면 비대해졌을 테니까."

림프를 들여다본 송 교수가 결론을 향해 치달았다.

간과 몇 가지 장기 조직은 부검대에 딸린 샘플 함에 들어갔다. 10% 포름알데히드가 든 보관함이었다.

약물중독 (×)

심근경색 (×)

기도 검댕 (○)

부검의 결과가 나왔다. 다른 사인 소견이 없으니 화재사로 적혔다. 혈중 알코올 농도가 높았으니 취중에 피운 향초가 비극을 초래한 모양이었다.

"이 선생도 확인해 보게."

송 교수가 자리를 비켜섰다. 창하도 기도를 살폈다. 검댕은 한눈에 보였다.

"……?"

고개가 갸웃 기울었다. 검댕의 양 때문이었다. 예전에 본 화재사 사체 사진은 이것과 달랐다. 그에 비하면 이 검댕은 소량에 속했다. 하지만 사체 역시 사람, 주검 당시의 환경 등에 따라 다른 결과를 보이니 절대적인 비교는 될 수 없었다.

"교수님."

송 교수에게 질문할까 싶을 때.

"부검 결과 내는 동안 뒷수습 좀 부탁하네."

송 교수가 창하 등을 밀었다. 복개한 시신을 봉합하라는 뜻이었다.

'응?'

시신을 봉합하다 손이 멈췄다. 목이었다. 설골에 골절의 흔적 같은 게 보였다. 그러나 기도를 절개하는 바람에 혈흔 범벅이 되어 선명하지 않은 상황. 두 전문가가 그냥 넘긴 걸 보니 별거 아니겠지. 그대로 봉합해 버렸다.

—남편의 알리바이 증명.

—외부 침입 흔적 없음.

—사체에서 화재사의 특징적 소견 검출.

부슬비가 촉촉이 내리는 날. 왕년의 스타 황나래에게 떨어진 공식 사인은 화재사였다.

'잘됐네.'

창하 생각이었다. 어차피 말실수로 따라나선 일. 빨리 끝내고 돌아갈수록 좋은 일이었다.

슬슬 열린 사체를 봉합하려 할 때였다. 옆 부검대가 소란스러워지더니 다른 사체가 올라왔다. 검시관이 무려 셋이나 달라붙었다. 거기에 특별수사본부의 검사, 대검 과학수사대 수사관과 경찰 과학수사대 팀장까지 참관한 가운데 사체 운반용 가방이 열렸다. 미궁 살인사건. 그 피해자로 추정되는 사체였다.

여자였다.

26살 유도 국가대표.

그녀는 선수촌 숙소에서 참변을 당했다. 상처는 오직 가슴팍에 남은 기이한 상흔. 그걸 제외하면 차라리 뽀샤시해 보일 정도였다. 뽀샤시하다는 건 사실 대량 출혈을 예고하는 징후였다. '죽은 사람의 심장'은 칼로 찔러도 출혈하지 않으니 피부와 결막이 흰색으로 변하지 않는 것이다.

'엇?'

투명 유리 너머로 바라보던 창하가 고개를 갸웃거렸다. 시신 위에 어리는 아슴푸레한 빛의 고리 때문이었다.

'저것?'

창하도 몰래 반응을 했다. 그 고리였다. 지난 네 번째 희생자였던 16살 중학생 육상선수. 송 교수가 부검할 때 어시스트를 하면서 보았던 서너 개 빛의 고리⋯ 보일 듯 말 듯 오싹하던 그 빛의 고리⋯⋯.

"빛의 고리라니? 정신 바짝 차려."

창하의 중얼거림을 들은 송 교수가 창하를 나무랐다. 부검할 때 넋을 놓으면 안 되는 까닭이다.

창하만 보았던 파리한 빛의 고리가 오늘도 보였다. 황나래를 돌아본다. 그녀의 사체에는 빛의 고리 따위는 없었다.

하지만!

연쇄살인의 희생자로 보이는 26살 유도선수의 사체에는 그게 있었다.

'망막박리라도 일어났나?'

망막박리가 일어나면 작은 전기 스파크처럼 시야가 반짝거린다. 하지만 그것과는 완전히 달랐다. 저 빛의 고리는 심장을 조이는 듯 오싹하다.

'신종 감염증이라도 감염?'

병든 조직만 만지다 보니 우려가 되기도 하는 창하였다.

제3장
—
낡은 대리석 부검대의 영령

국과수 검시관들이 외표 검사에 들어갔다. 일부는 근접 검사를 하고 일부는 멀찌감치 떨어져서 시신을 본다. 멀리서 볼 때와 가까이서 볼 때의 느낌이 다르기 때문이다. 전신을 살핀 후에는 외표를 관찰한다.

"이게 대체 무엇에 의한 절창이란 말인가?"

검시관의 목소리가 무겁다. 절창은 예리한 물체에 베인 상처. 심장을 꺼내 갈 정도로 깊었지만 칼도 도끼도 아니었다. 게다가 다른 장기의 손상도 없었다.

"좌창일까요?"

다른 의견이 나온다.

"좌창으로 보기엔 너무 깨끗하잖아?"

"CT 보니 심장을 통째로 꺼내 갔는데도 방어흔이나 주저흔조차 없습니다."

검시관들이 단체로 탄식을 했다.

사앗!

검시관 한 사람이 메스로 시신을 열었다. 복부에 고였던 피가 죽물처럼 흘러나왔다. 검시관들의 표정이 석고처럼 굳었다. 과연 심장이 없었다. 상처는 가슴에 가로로 난 9.3㎝ 정도가 전부. 몸 안으로 도구를 넣어 과일을 따듯 따냈다고 봐야 할 지경이었다.

'심장을 과일 따듯?'

범인은 역대급 프로페셔널, 어쩌면 인류 역사상 가장 뛰어난 살인자일 수도 있었다. 어시스턴트들은 사체의 복막에 고인 혈액을 국자로 떠내느라 정신이 없었다.

"우엡!"

그걸 보니 속절없이 속이 뒤집혔다. 이 또한 전에 없던 반응이었다. 카데바를 보고 오바이트를 하는 건 학생 실습 시간으로 족했던 것이다.

'화장실, 화장실……'

입을 막고 복도로 뛰었다. 쏟아지는 토사물을 참으며 둘러보지만 국과수가 처음이라 잘 보이지 않았다. 결국 화장실처럼 보이는 곳의 문을 열었다. 안은 황나래의 기도에 들어찬 검댕처럼 칠흑이었다.

'창고인가?'

다른 곳을 찾을 여유도 없이 배 속의 내용물이 역류하기 시작했다.

"우엡, 우에엡!"

"아, 뇨, 솔까 귀신이 붙었나?"

"하필이면 이런 날 자청을 했대."

"이러니 다들 법의학 안 하려고 하지."

"나도 안 한다. 의사 면허 내놓고 실업자가 돼도 부검 칼잡이는 안 해."

누가 하랬나?

괜한 발악을 했다. 국과수 공채 마감도 오늘 밤이라는 말을 들은 적이 있는 까닭이었다. 갈 데 없으면 지원하라던 선배의 조크조차 때려죽이고 싶을 정도로 미웠다.

"웁웁!"

겨우 숨을 돌리고 일어섰다. 토사물 냄새는 역했다. 화장실이 아니니 치우고 가야 했다. 창하가 게운 게 알려지면 두고두고 망신이 될 일이었다.

'봉지 같은 거 없나? 아니면 신문지라도……'

뭔가를 짚고 일어설 때였다. 짚은 판의 냉기가 심장을 치고 들어왔다.

'뭐야?'

기겁을 하며 물러섰다.

판은 마치 혈액 검출용 시약 루미놀에 반응한 혈액처럼 창백한 푸른빛으로 변해갔다. 그 판은 부검대였다. 그러나 케케묵은 구닥다리 대리석 부검대. 부검대가 스테인리스로 바뀐 지는 아주 오래전이었으니 창하도 말로만 듣던 것이었다.

'부검대 맞아?'

슬쩍 손을 대려던 순간, 창하가 또 한 발 물러섰다. 부검대 위에 놓인 시신이 보인 것이다.

'카데바?'

다시 보아도 카데바가 분명했다. 다만 다른 사체와 다른 건 숭고할 정도로 깨끗하다는 것. 저쪽 부검대에서 난리를 피우는 시신처럼 횡경막 아래에 한 줄 핏줄이 섰을 뿐 나머지는 시리도록 창백했다.

'그 시신을 이리 옮겨 온 거야?'

불안에 떠는 동안 사체가 불쑥 가까워졌다.

불쑥불쑥!

두 번을 그러니 한눈에 들어오는 거리가 되었다.

'왜 이래?'

나가고 싶지만 발이 떨어지지 않았다. 문의 손잡이 역시 아무리 더듬어도 잡히지 않았다.

"이창하."

순간 또렷한 울림이 들렸다. 목에서 나는 발성이 아니라 공기를 울리는 공명이다. 겁에 질린 창하가 천천히 고개를 돌렸다. 슬프도록 창백한 사체 앞에 사람이 있었다. 부검 가운에 수술 장갑을 끼고 있는 검시관이었다.

"나를 압니까?"

떨리는 소리로 창하가 물었다.

"알지. 내가 너를 국과수로 불렀으니까."

"나를 불렀다고요?"

"아니면? 네 발로 왔나? 여기 오고 싶은 생각은 없었을 텐데?"

"……?"

"잘 생각해 봐. 송 교수에게 자원하게 된 일……."

"……!"

창하 등뼈에 서늘함이 스쳐갔다. 오늘 겪은 일은 아직도 생생하다. 모든 게 불협화음이고 엉망이었다. 그러니까 귀신의 장난이 아니고는 있을 수 없는 일들이었다.

"하지만……."

"의사니까 믿고 싶지 않겠지. 이런 건 의학으로 설명할 수 없는 거니까."

검시관이 다가왔다. 메스를 들고 있다. 그 메스가 시선을 쏙 잡아끌었다. 손잡이에 난 두 개의 구멍 중 하나에 박힌 작은 조각이 선명하다. 사자인 듯 늑대인 듯 보이는 조각 문양. 저걸 어디서 봤을까?

"내 이름은 방성욱."

"방성욱?"

"나는 알지. 네가 오한의 링(Ring)을 볼 수 있다는 걸."

"그게 뭡니까?"

"인류사에 반복되는 살육자의 흔적."

"살육자?"

"네 꿈도 알지."

"내 꿈?"

"처음에는 검사였지? 그러다 아버지와 할머니의 사망 후에 의사로 바뀌었고."

"……."

"사실 의사에서도 여러 번 바뀌었지. 톱 쓰리 과로 가려다 가 좌절된 꿈……."

"당신 대체……."

"그 둘을 다 할 수 있는 방법이 있는데……."

"무슨 소리입니까? 이제 와서 로스쿨에 진학해 변호사 시험에 붙고 검사 시험에 응시하라고요?"

"검사가 되어야만 범인을 잡고 억울한 주검을 밝힐 수 있는 건 아니지."

검시관은 바로 메아리 같은 말소리를 이어놓았다.

"검시관이 되면 돼."

검시관.

한 단어가 창하 귀를 뚫고 들어왔다.

"검시관?"

"의학은 산 자를 구하고 법의학은 죽은 자를 구하지 않나? 검사와 의사의 역할이 깃든 숭고한 직업이지."

"미안하지만 틀렸습니다. 나는 병원의 AP(Anatomical Pathology: 해부병리 의사)로 살아갈 테니까요."

"아니, 너는 결국 검시관의 길을 가게 될 거야."

"천만에요. 시체는 적성에 맞지 않아요."

"잘 맞아."

"이봐요. 당신이 대체 나에 대해 뭘 안다고……."

"이거……."

창하가 항변하자 검시관이 장면 하나를 띄워놓았다.

'억!'

창하 입으로 비명이 넘어왔다. 손바닥 흔적 두 개가 새겨진 성인의 어깨와 등짝. 고등학생 때 찍어두고 열어보지 않던 아버지 시신의 등이었다.

"당신, 뭐야? 대체 뭔데?"

검시관이 띄워놓은 건 창하에게 있어 판도라의 상자였다. 뚜껑이 열린 창하가 발악하듯 소리쳤다. 오랜 시간이 지났음에도 아픔으로 남은 삶의 장면. 다시는 돌이키고 싶지 않은 순간이었다. 그렇기에 할머니가 유품으로 남긴 은반지조차도 서랍 깊숙이 봉인해 버린 창하였다.

"이해해. 처음에 너는 아버지의 주검에 대해 의문이 들었었지? 하지만 그때는 네 앞의 세상이 너무 컸어. 그런데 지금은 너도 성장했잖아? 이제 그 의문을 꺼내볼 때가 되지 않았을까?"

"뭘 말입니까? 이제 와서?"

"그걸 할 수 있는 것도 검시관이거든."

"이봐요."

"할머니의 은반지 있지? 아침에 꺼내 본……."

"그것도 알아요?"

"그 반지의 문양도 알고 있지. 그거 찾느라고 점성술사와 내가 애 좀 태웠거든."

검시관이 메스를 들어 보였다. 콩알보다 조금 큰 조각이 산더미만 하게 보였다. 그제야 알았다. 확신하기 힘들지만 할머니의 반지에 새겨진 조각과 닮아 보였다.

"당신이 그걸 왜 찾죠?"

"사명이니까. 너와 나, 아니 어쩌면 우리 모두의."

"점점……."

"긴 세월 숨어 있던 반지가 빛을 보았으니 너는 이 자리로 돌아올 거야. 정식 검시관이 되어서."

"천만에요."

"그게 너에게 주어진 사명이야."

"사명 같은 소리. 보아하니 국과수 검시관 지원자가 하도 없으니 알량한 연극을 하고 있나 본데 절대 안 옵니다. 나는 이미 대학병원에 AP 페이 닥터 자리가 내정되어 있거든요."

창하가 소리를 높일 때였다. 덜컥, 소리와 함께 문이 열렸다.

"선생님, 여기 계셨어요? 송 교수님이 빨리 끝내고 나오라고 하시던데?"

국과수 어시스턴트 천광배였다. 그의 등장과 함께 검시관이 사라져 버렸다. 대리석 위에 누웠던 시신도······.

"······?"

"선생님."

"아, 나갑니다."

놀란 창하가 돌아섰다. 그러다 바닥을 바라본다. 토사물 때문이었다. 그런데 귀신 곡할 일이 일어났다. 역하게 게워놓은 토사물이 보이지 않았다.

"여긴 어떻게 들어오셨어요? 이제는 쓰지 않는 부검실이라 늘 잠가두는 곳인데 누가 열어놨나?"

광배가 중얼거렸다.

"미안합니다. 화장실 찾다가··· 그런데 안에 누가 있는 것 같던데······."

"누가요? 거긴 아무도 들어가지 않아요."

"제가 분명……."

"저 부검대는 미국에서 날리다 들어왔던 방성욱 과장님이 마지막으로 쓰고 폐기된 거거든요. 원래 파쇄하려던 게 이상하게도 업자들이 나서지 않아 미뤄왔는데 오늘 아침에 선이 닿아 곧 처리한다고 들었습니다."

"……?"

방성욱? 그 이름이 목을 당기는 것 같아 슬쩍 돌아보았다. 대리석 부검대는 문이 닫히는 것과 동시에 어둠 속으로 사라져 버렸다.

황나래의 부검대로 돌아와 봉합을 했다. 화상만 아니면 깨끗이 씻기기도 해야 하는 마무리. 그러나 화상으로 인한 상처가 심하니 멀쩡한 부위의 검댕과 상처만 정리를 했다.

"아직 멀었나?"

그사이에 송 교수가 돌아왔다.

"다 끝났습니다."

"무난하군. 얼른 나가세. 지금 밖은 난리야."

송 교수의 시선이 옆 부검대로 옮겨 갔다. 투명 칸막이로 엿보이는 부검대는 혼란에 빠져 있었다. 국과수의 베테랑 검시관 세 명이 달라붙고도 별다른 단서를 찾지 못한 것이다.

벌써 여섯 번째 희생자. 범행 수법은 동일했다. 비명 소리도 목격자도 없는 완전범죄. 이전 희생자들과 다른 건 눈과 가슴팍에 남은 중심 상처의 사이즈일 뿐이었다.

「5.2㎝, 9.3㎝」

여섯 시신에 남긴 상처의 크기는 대략 두 가지. 오늘 시신은 9.3㎝ 쪽이다. 같은 타입의 흉기지만 사이즈는 완전히 달랐다.

"대체 어떤 자가……."

한국 부검 역사에 한 획을 그었다는 송 교수도 치를 떨 지경이었다.

밖으로 나오니 기자들이 인산인해를 이루고 있었다. 국내 기자들뿐만 아니라 외국 기자들도 엄청났다. 황나래의 남편에게는 행운이었다. 만약 저 사건이 아니었다면 황나래의 주검에 몰려들었을 기자들이었다.

기자들 앞으로 서울지검 강력부 이장혁 검사와 서울청 광역수사 팀장 차채린 경감이 등장했다. 점점 소란스러워지는 풍경을 두고 국과수를 나왔다.

"너는 이 자리로 돌아올 거야."
"검시관이 되어서."

기자들의 아우성 속에 방성욱의 목소리가 섞여왔다.
'천만에. 이쪽은 쳐다보지도 않을 거거든.'

재수 옴 붙은 실수 만발의 날. 그렇게 안녕이었다.

하지만 그건 창하의 희망 사항일 뿐이었다. 실은 더 처참한 실수가 창하를 기다리고 있었다.

제4장

—

치명적이고 치명적인

"이 선생님."

늦은 오후가 되자 레지던트 3년 차 권준기가 판독실로 찾아왔다.

"드시고 하시죠."

그가 내민 건 얼음이 듬뿍 든 아이스커피였다.

"뭐야? 왜 친한 척?"

"에이, 죄송합니다. 제가 오전 세미나 때문에 나중에 알았는데 선배님이 송 교수님 부검 어시스턴트로 끌려가셨다면서요?"

"때늦게 염장이야?"

"죄송합니다. 그 말 듣고 제 밑으로 다 때려잡았습니다. 이 자식들이 정신머리 놓고 살아도 유분수지."

"그래서? 커피 한 잔으로 때우려고?"

"그럴 리가 있습니까? 제가 한잔 쏘겠습니다. 대신 페이 닥터 첫 월급 타시면 거하게 한잔 쏘셔야 합니다."

"투자를 하겠다?"

"조건도 좋다면서요?"

"좋기는… 페이 닥터나 전공의나 별 차이 없다더라고."

"그로스입니까? 네트입니까?"

"그로스로 써내려고."

"잘 생각하셨습니다. 선배님 고민하시길래 제가 정보망 풀 가동해 봤는데 상여금이 많은 경우라면 네트보다는 그로스 가 낫다고 하더군요. 그리고 계약서 꼼꼼히 따져보시라는 말 도……."

"젠장, 계약서는 맨날 봐도 그게 그거 같아서 말이지……."

"하긴, 저도 전공의 계약서 읽지도 않고 사인했습니다."

"누군 아니야? 이의 제기 한다고 바꿔줄 병원도 아니잖아?"

"그나저나 오늘 국과수에서 미궁 살인 사체 부검했다던데 혹시 보셨습니까?"

"말도 마라. 오바이트 쏠려서 죽을 뻔했다."

"직접 보셨습니까?"

"국과수 팀 하는 거 유리 너머로……."

"이번에도 그 정체불명의 흉기입니까? 칼도 아니고 둔기도 아닌······."

"그래."

"혹시 그 흉기 고대의 칼이나 무협지에 나오는 반월도 같은 거 아닐까요?"

"내가 법의학자야? 궁금하면 송 교수님께 물어봐."

"아오, 우리 선배님 제대로 빡치신 모양이네. 죄송합니다. 그럼 퇴근 후에 영접하러 오겠습니다."

권준기는 얼렁뚱땅 자리를 피했다.

남은 조직 슬라이드 리딩을 마치니 퇴근 시간에 가까웠다. 권준기에게서 카톡이 들어왔다.

[로비에서 기다리겠습니다!!!!]

[오케이!]

답문을 보내고 가운을 벗을 때 고정액에 보관된 조직 샘플들이 눈에 들어왔다. 그중 하나가 절단된 심장이었다.

심장!

다섯 번째와 여섯 번째 갈비뼈와 횡격막 위에 말단이 위치한다. 무게는 250—350g에 불과하지만 지상 최강의 엔진이다. 하루에도 10만 번의 펌프질을 하며 생명을 돌리는 것이다. 범인은 그 횡격막 아래 부위를 베고(혹은 열고) 심장을 따낸다.

그렇기에 희생자들의 대다수가 유사한 상처를 가지고 있었다.

예외는 단 한 건이었다. 두 번째 희생자로 기록된 사람, 그의 상처는 오른쪽으로 치우쳐 있었다. 그 이유를 알면 더욱 오싹해진다. 그 심장은 오른쪽으로 치우쳐 달렸던 것이다. 범인은 희생자의 장기를 스캔이라도 하는 걸까? 아니면 희생자들의 의료기록을 볼 수 있는 위치에 있는 사람일까?

오늘도 언론은 그 사건을 볶아댔다.

"선배님."

로비로 나오니 권준기가 손을 흔들었다. 로비의 대형 텔레비전에서 미궁 살인사건의 부검 결과가 긴급 속보로 나오고 있었다.

─전국을 공포로 몰아넣은 미궁의 살인사건들, 어제 발견된 국가대표 유도선수 역시 미궁 살인사건의 희생자로 밝혀졌습니다. 검찰에 나가 있는 강미란 기자 연결합니다.

─강미란입니다. 검찰은 오늘 실시된 국과수 부검 결과를 토대로 국가대표 유도선수 역시 미궁 살인의 연속으로 결론지었습니다. 이 시신 역시 지난 다섯 건의 범행과 같이 심장만 감쪽같이 사라진 상태로 그 수법이 동일하다는 판단입니다. 이번 부검은 국과수의 베테랑 검시관들과 대검 과학수사부, 경찰 과학수사센터가 합동으로 실시했음에도 특별한 증거를 찾아내지 못했습니다.

"우워어."

기자의 말에 텔레비전 앞의 환자들이 경악을 한다.

─이 시신 역시 정체불명의 흉기를 이용해 장기 일부를 적출했지만 목격자는 물론이고 인근 CCTV조차 용의자를 특정할 수 없는 상태라고 합니다. 사태가 장기화되자 검찰과 경찰은 유사 범죄 전과자와 사이코패스 등을 대상으로 총력 수사에 나서는 한편……

멘트가 끝나기 무섭게 화면이 바뀌었다.

─국과수입니다. 오늘 실시된 미궁 살인사건의 시신 부검 결과입니다. 국과수는 이례적으로 부검이 끝남과 동시에 결과를 발표했습니다. 사인은 지난 다섯 번의 희생자와 같습니다. 범인은 특정하기 어려운 흉기로 희생자의 횡경막 밑을 찔러 공간을 확보한 후에, 희생자가 살아 있는 상태에서 심장만을 적출했습니다. 다른 곳의 외상이나 방어흔이 전혀 없는 것으로 보아 희생자는 항거불능의 상태였던 것으로 알려졌습니다. 검시관들은 뇌세포와 모발, 위장 내용물의 분석에 들어갔지만 이번에도 특별한 약물 사용은 없는 것으로 보고 있습니다. 한편 범행에 쓰인 흉기 분석 역시 난항에 빠져 미국의

법의학 전문 연구소에 보낸 의뢰 역시 판단 불가라는 결과가 회신되었다고 합니다. 국내 전문가들은 이 흉기가 도나 검처럼 일자의 날이 아니면서도 칼날보다 더 예리하다는 데 주목하면서 흉기 분석과 목격자 확보에 역량을 집중하고 있습니다.

검찰에 이어 국과수 앞의 기자까지 숨 쉴 새 없는 보도가 이어졌다.

"아이고, 저게 꼬리 아홉 달린 여우의 짓이여, 뭐여?"

환자 몇 사람이 탄식을 했다.

"그러게요. 전설의 고향에서 여우가 사람 간 빼 먹는 건 봤지만 산 사람 심장만 쏙 빼 가다니."

"아우, 소름 끼쳐."

로비는 순식간에 공포로 가득 찼다. 인턴들도 몇 명씩 모여 수군거린다. 나름 난다 긴다 하는 대한민국 법의학. 거기에 미국의 분석 기관까지 나서도 범행 도구조차 특정하지 못하는 미궁 살인…….

─한편 이와 관련하여 검찰 특별수사본부는 살인 현장을 중심으로 광범위한 탐문과 CCTV 조사에 착수했으며 국민 여러분의 제보와 함께 일몰 이후에 각별한 주의를 당부하고 있습니다.

앵커에 이어 국무총리의 특별 담화까지 진행되는 걸 보며
로비를 나왔다.

"자, 시원하게 드십시오. 그리고 봉직의로 출근하시면 미력
한 후배 잘 좀 부탁합니다."

술집에서 권준기가 한턱 잔을 들었다.

"교수 되는 것도 아닌데 잘 봐주기는… 권 선생이나 전공의
들 조져서 나 왕따 시키지 마라."

심드렁하게 잔을 마주쳤다. 1년 후배라 갈구기도 많이 했는
데 미운 정 고운 정이 박혔는지 알아서 챙겨주니 고마울 뿐이
었다.

"그럴 리가 있습니까? 영어에 중국어에 일본어까지 가능한
하늘 같은 사수님이신데……."

"영어하고 중국어는 권 선생이 더 잘하잖아? 어쨌든 고맙
다."

"그나저나 미궁 살인 그거 어떻게 되는 겁니까? 진짜 사이
코 스페셜리스트일까요?"

권준기가 얼굴을 들이밀었다. 그 역시 해부병리의, 이 사건
에 대해 궁금하지 않을 수 없었다.

"신경 끄자. 이런 자리에서까지 일 얘기 해야겠냐?"

"그래도 희생자를 두 번이나 보신 선배님 아닙니까?"

"검찰과 경찰이 눈에 쌍심지를 켜고 찾고 있으니 곧 꼬리가 잡히겠지."

"아, 진짜 어떤 놈이… 설마 우주인은 아니겠죠?"

"그렇게 한가하냐?"

"죄송합니다."

"술이나 따라라."

창하가 잔을 내밀었다. 찝찝한 하루, 술로라도 씻어내고 싶었다. 다 씻어내고 내일부터 새 출발을 할 생각이었다.

"봉직의 접수는 하셨나요?"

"들어가서 할 거야. 서류는 다 준비되었으니까."

"아, 저도 빨리 전문의 따고 싶네요. 이 지긋지긋한 전공의 생활이 아직 360일 하고도 이틀이나 남았으니……."

권준기가 잔을 비울 때 후배 의사들이 세 명 더 합류했다.

"선배님, 앙축드립니다."

분위기 잘 띄우는 이화란이 술을 채워주었다. 한 잔 두 잔 받아먹다 보니 조금 취하게 되었다.

"전공의 졸업 기념으로 모처럼 클럽 한번 뛸까요?"

권준기가 바람을 잡았다.

"됐어. 술도 좀 오르고… 가서 원서 접수해야지."

창하가 먼저 일어섰다.

"그럼 봉직의님, 내일 뵙겠습니다."

권준기가 대표로 인사를 했다.

숙소로 쓰는 원룸까지는 멀지 않았다. 얼마쯤 걷자니 술이 오르기 시작했다. 긴장이 사르르 풀리면서 하루의 스트레스도 잊어버렸다.

'일단 원서 접수부터.'

원룸에 들어서기 무섭게 컴퓨터 앞에 앉았다. 응시 원서의 신상 부분을 채워 나갔다. 그러다 잠시 타자 치던 손을 멈췄다.

「면허 번호」

익히 외우고 있는 번호건만 막상 입력을 하려니 살짝 헷갈렸다. 실수가 있으면 안 되니 책상 서랍을 열었다.

드륵드륵!

두 번째 서랍까지 헛발질이었다. 마지막으로 남은 건 맨 아래의 서랍 하나. 그걸 당기는데 안에서 뭔가 걸리며 서랍이 열리지 않았다.

'뭐야?'

힘을 주며 당기니 서랍이 통째로 빠졌다. 서랍이 엎어지면서 안에 든 내용물들이 토사물처럼 흩어져 버렸다.

'아, 씨……'

머리를 긁으며 내용물을 주워 모았다. 그러다 작은 상자에 시선이 닿았다. 할머니의 은반지 상자가 열려 있었다. 반지가 보였다. 13년 만에 하루 두 번이나 보게 되는 반지였다.

'가만……'

아침 일이 떠올랐다. 오랜만에 꺼내 보았던 할머니의 반지. 끼고 가지 않았다고 할머니가 삐친 걸까? 그래서 일이 배배 꼬였던 걸까? 가만히 들여다보니 반지가 마음을 끈다. 자신도 모르게 반지를 꼈다. 그러자 반지에서 형성된 광채가 심장과 머리를 향해 스며들었다.

'응?'

눈을 비비자 광채는 보이지 않았다.

'많이 취했네. 빨리 접수하고 자자.'

면허증을 찾아 들고 컴퓨터 앞에 앉았다. 술기운 때문인지 화면이 흐려 보였다. 초점을 맞추고 면허 번호를 넣었다. 연락 받을 핸드폰 번호도 찍었다.

[접수]

그 위에 날짱 올라앉은 마우스 포인터를 확인하고 클릭을 눌렀다.

—안녕.
—고단하던 노가다 전공의의 날이여.

─내일부터 나는 정시 출근 정시 퇴근 페이 닥터님의 길을 가신다.

　─그다음은 대학교수야.

　술이 오르니 그대로 침대에 쓰러졌다. 자고 나면 바뀔 세상을 기대하며.

　띠롱때롱!

　핸드폰이 울었다.

　손을 더듬어 핸드폰을 찾았다. 모르는 번호였다.

　'아침부터 피싱이냐?'

　전화를 끊었다. 피싱은 닥터라고 봐주지 않는다. 소화기 내과 안 선생이 2,000만 원 당한 지가 엊그제였다.

　띠롱때롱.

　전화기가 또 울렸다.

　'응?'

　가만 생각하니 병원 총무 팀일 수도 있었다.

　"여보세요."

　전화를 받자.

　─안녕하세요? 여기 국과수인데요.

　여자 목소리가 흘러나왔다.

　'국과수?'

얼른 상체를 세웠다. 어제 흘렸던 토사물이 떠올랐다. 눈에
보이지 않더니 끝내 들킨 것일까? 국과수답게 토사물에서 유
전자 검출이라도 해서 지명수배에 나선건가?

"그런… 데요?"

일단 목소리를 낮췄다. 지은 죄가 명백한 까닭이었다.

―국과수 검시관 지원하셨죠? 일단 감사드립니다.

"예? 검시관요?"

창하가 다시 물었다.

―서울 지역에 응시를 하셨네요? 면접은 3일 후 서울 사
무소에서 치르게 되었어요. 그럼 그날 다시 연락드리겠습니
다.

"……?"

전화가 끊겼다. 한동안 핸드폰을 보며 멍을 때렸다. 아직
술이 덜 깼나? 핸드폰 모서리로 머리를 찧어본다. 모서리로 찍
으니 악 소리 나도록 아팠다.

'꿈이 아니잖아?'

재빨리 일어나 컴퓨터로 뛰었다. 컴퓨터는 밤새 켜져 있었
다. 마우스를 흔드니 화면이 나왔다.

"어업!"

비명과 함께 쓰러지고 말았다. 도도한 화면은 병원이 아니
라 국과수 홈페이지였다. 이메일을 여니 원서 접수 회신도 들
어와 있다.

'뭐야?'

말도 나오지 않았다. 술이 웬수다. 페이 닥터 원서를 낸다
는 게 국과수에다 지원 원서를 낸 모양이었다.

'폭망이다.'

창하의 얼굴은 결합조직 염색약 아닐린블루처럼 파랗게 질
려갔다.

*   *   *

"자네 그럴 수가 있나?"

해부병리과장 방, 가운 앞 단추를 풀어헤친 과장이 핏대를
올렸다. 창하는 쥐 죽은 듯 고개를 숙일 수밖에 없었다.

"검시관 지원할 거면 그렇다고 말을 해야지. 온다는 사람
널렸는데 생각해서 자리 만들어줬더니 뒤통수를 쳐? 원장님
에게는 뭐라고 한단 말인가? 자네 때문에 해부병리과가 단체
로 찍힐 판이야."

"과장님, 그게……."

"게다가 그걸 송 교수 통해서 듣게 해? 사람 망신시키려고
작정을 해도 유분수지 말이야."

"과장님."

"그만둬. 어떤 변명도 듣고 싶지 않네."

"그게 아니라……."

"됐어. 나 지금 원장님께 가서 해명해야 하니 자넨 짐이나 꾸리게. 어차피 내 얼굴 안 보기로 작정한 거 아니었어?"

과장은 서릿발을 뿜으며 지나갔다.

"으악!"

복도로 나와 머리를 쥐어뜯었다. 단 한 번의 실수였다. 그러나 수습 불가였다. 국과수에 근무하는 검시관 하나가 창하의 지원 사실을 송 교수에게 전했고 그가 해부병리과장을 비롯해 병원 곳곳에 전파를 했다. 급수습을 위해 달려왔건만 소문은 이미 병원 전체를 감염시킨 후였다.

"선배님, 어떻게 된 겁니까? 우리 병원 티오 받았다더니 검시관요?"

권준기가 달려와 물었다.

"저리 가. 나 지금 제정신 아니거든."

"제정신 아닌 건 접니다. 선배님 검시관 싫어하셨잖아요?"

"알았으니까 저리 가라고. 생각 좀 하게."

"아, 대박 난해하네."

권준기를 밀치고 걷는 사이에 전화가 들어왔다. 이번에는 송 교수였다.

*　　　　*　　　　*

"이여, 이 선생."

법의학 교실에 들어서자 그가 반색을 했다.

"그렇게 깊은 속이 있어서 어제 부검에 자원을 했구먼. 장하네, 장해."

"교수님."

"국과수에서 연락이 왔길래 내가 자랑 좀 해두었네. 원래 법의학적 소양 충분하고 해부병리의로도 탁월한 사람이라고 말이야. 게다가 이 병원에 티오가 났는데도 지원한 거니 특별히 신경 좀 쓰라고 했어."

"국과수 지원 말입니다. 그거……."

"올해 지원자는 자네 한 사람이라더군. 뭐 매년 지원자가 거의 없는 편이긴 하지만 덕분에 내가 공치사 좀 받았네. 그쪽에서는 내가 추천한 걸로 알고 있더라고."

"……."

"검시관, 나름 보람 있는 직업이네. 전에는 시설도 열악하고 대우도 열악했지만 이제 CT에 무균실까지 갖춰서 할 만하다네. 기왕 가기로 한 거 국과수 최고의 칼잡이가 되세나."

'저 실은 술 먹고 맛대가리 가서 실수로 지원한 건데요.'
'어떻게 무마 좀 안 될까요?'

입안에서 뱅글거리는 말을 차마 내뱉을 수 없었다.
확정된 페이 닥터 자리.

Bye bye!

물 건너가는 소리가 요란했다.

그 자리에 난데없이 검시관 자리가 들어섰다. 한 번도 생각지 않았던 검시관. 이게 웬 날벼락이란 말인가? 원서만 접수한 것이니 가지 않을 수도 있었다. 그러나 의료계는 좁다. 평판을 생각해서라도 가지 않을 수 없었다.

"으악!"

송 교수 방을 나온 창하는 진이 빠져 버렸다. 대체 무슨 일이 일어나고 있단 말인가? 치명적인 스트레스에 혈압이 급강하하면서 그대로 정신 줄을 놓고 말았다.

"선배님!"

눈을 떴을 때 앞에 보이는 건 권준기였다.

"여기 어디야?"

창하가 상체를 세웠다. 머리는 미치도록 뻐근했다.

"병실 아닙니까? 선배님이 식물인간 되는 줄 알았습니다."

"식물인간?"

"이틀이나 비몽사몽 했거든요. 수축기 혈압이 80까지 내려갔었습니다."

"이틀?"

머리맡을 두리번거리자 간호사가 핸드폰을 건네주었다. 그걸 받아 드는 순간 기다렸다는 듯이 핸드폰이 울렸다.

국과수였다.

―선생님, 오늘 오후 2시에 면접입니다. 양천동 서울과학수사연구소로 와주세요.

여직원은 눈물겹도록 친절했다. 달랑 한 명이 응시한 검시관. 그를 위해 본원이 있는 원주가 아니라 서울 사무소에서 면접을 진행한다는 배려까지 나왔다.

"국과수… 정말 가시는 겁니까?"

권준기가 눈치를 보며 물었다.

"아니면?"

창하의 대답은 칼칼했다.

"죄송합니다."

"괜찮아. 다들 하기 싫어하니 누군가는 해야지."

후배 앞이니 헛된 가오로 넘겼다. 그라고 해서 창하에게 벌어진 일을 이해할 것도 아니었다.

"그럼 면접 잘 보고 오십시오."

권준기가 주먹을 쥐어 보였다. 뼈를 때리는 파이팅이었다.

'뭐 이런 개같은…….'

하나도 고맙지 않았다. 어이 상실이 극에 달하니 욕도 나오지 않았다. 빼도 박도 못 하는 신세가 되고 만 것이다. 누가 목에 칼을 들이민 것도 아니다. 총구를 겨눈 것도 아니다. 아니, 제발 그랬으면 좋겠다. 누군가의 협박에 의한 불가항력이면 번복이라도 할 수 있는 것 아닌가?

국과수 검시관 면접.

사무관 자리다. 경력이 있으면 서기관 대우를 받지만 경력
은 없다.

진퇴양난이다.

가면 그대로 검시관이 되어야 한다.

안 가면…….

그렇잖아도 실없는 인간이 된 판에 또라이 인증이 될 수 있
었다.

「이창하는 또라이」

평판은 평생을 따라다닌다. 그걸 피하려면 직업을 바꾸거
나 이민을 가는 수밖에 없었다. 전공의까지 마친 마당에 직업
을 어찌 바꾼단 말인가?

"우아압!"

또다시 머리를 쥐어뜯어 보지만 뾰족수가 없었다.

이 어이없는 일.

국과수에서 기묘하게 만난 검시관 방성욱이 떠올랐다.

그 인간의 소행일까?

그는 이미 죽은 사람. 그러나 무시할 수 없는 게… 그의 예
언이 자꾸 적중되고 있다는 사실이었다.

'미치겠네.'

별수 없이 양천동으로 향했다. 다른 전공을 했다면 개업이

라도 하면 되겠지만 해부병리는 개업도 할 수 없다. 하긴 돈도 없다. 가진 재산이라야 코딱지만 한 원룸 전세금 1억 2천. 그것도 융자금 6천 빼면 남는 건 반이다. 개업 병원의 문짝이나 하나 겨우 살 돈이었다.

'검시관 한 일 년 하다 사표 던지자.'

이제는 그 방법밖에 없었다.

면접은 화기애애했다. 지원자는 창하 하나였으니 고르고 말 것도 없었다. 게다가 전문의 자격을 갖췄으니 따로 시비가 될 일도 없었다.

"지원해 줘서 고맙기는 한데 우리 국과수는 대학병원에 비해 페이가 좀 짜요."

좀이 아니죠. 두 배 이상이라고요.

"부검도 일이 좀 많지. 들어오면 알 일이니까 미리 말하는 겁니다."

"그래도 연구원들 간에 케미는 좋아요. 연구하는 분위기에 보람도 있고."

면접관들은 솔직했다. 하긴 달콤한 유혹을 늘어놓아도 소용없다. 검시관은 군의관처럼 의무가 아니다. 여차하면 사표를 낼 수도 있는 것이다.

"자, 이제 우리 식구입니다. 산 자를 구하는 사람만 의사입니까? 죽은 사람 사인 밝히는 것도 중요한 일입니다. 함께 잘

해봅시다."

책임 면접관과 악수를 함으로써 면접 과정까지 끝났다. 군의관으로 있는 동안 심심풀이로 응시한 엑셀 시험의 합격증 다음으로 덤덤한 합격이었다.

"백 과장, 새 식구 왔네."

책임 면접관이 사무실 문을 열며 말했다. 알고 보니 그가 바로 국과수 원장이었다.

"아, 겨우 한 사람……."

산더미 같은 부검 서류와 씨름하던 백 과장이 울상을 지었다.

"그나마 서울 사무소에 지원한 걸 다행으로 알게. 본원의 서 부장이 알면 본원으로 빼자고 할 거 같아서 아예 여기서 면접 보고 떼어주고 가는 거야. 대전도 난리고……."

"요즘 미궁 살인 때문에 적어도 세 명은 뽑아주셔야 하는데……."

"송 교수 얘기 들으니 백 명 같은 한 명이더군. 그리고 미궁 살인은 서울에서만 발생하나?"

"추가 공채 해주세요. 이대로는 과부하 걸려서 다 쓰러집니다."

"공채해서 올 것만 같으면 왜 안 하겠나? 번거로운 공채 같은 거 생략할 테니 자네가 아는 후배들 멱살이라도 잡아서 끌고 오든지. 내 직권으로 특채 다 받아줄 테니까."

"……."

"출근 날짜는 이 선생이랑 상의해서 결정하게. 행정 편의는 충분히 봐주라고 지시할 테니까."

"원장님."

"경찰청, 검찰청, 심지어는 총리실하고 청와대에서도 난리네. 우리가 언제는 충분한 인력으로 부검했나? 옛날보다는 나으니 징징거리는 소리 그만하고 미궁 살인 단서 찾아내시게."

원장의 목소리가 저음으로 깔렸다.

"가네."

원장이 방문을 나선다. 면접 때 보이던 푸근한 미소는 간 곳이 없었다. 죽은 자의 원인을 밝혀내는 국과수 수장으로서의 위엄이 칼날 같은 것이다.

"어우!"

원장이 차에 오르자 백 부장이 머리를 긁어댔다. 격무에 시달리는 국과수 검시관들. 신입 검시관 고대하던 기대감이 보기 좋게 사라진 눈치였다.

"하긴, 뭐 한두 해 있는 일인가. 이 선생이라고?"

"예, 이창하입니다."

"미안하지만 내일부터 출근할 수 있겠나?"

백 과장이 물었다.

내일부터?

번갯불에 콩 볶아 드시겠네.

"곤란한가?"

"그건 아닙니다만."

"그럼 내일부터 나오시게. 어차피 여기 사람 될 거면 하루라도 빨리 되는 게 낫잖아?"

"그렇군요."

"따라와. 검시관들 하고 인사부터 해야지."

일사천리다. 서울 사무소의 정원은 13명. 그러나 현원은 절반 정도에 불과했다. 부검은 해가 갈수록 증가하는 상황. 거기에 초강력 사건까지 터지고 있으니 국과수는 초비상 상태였다.

"아이고, 이게 얼마 만에 보는 젊은 피야?"

첫 악수를 나눈 검시관은 국과수의 산 역사로 불리는 피경철이었다. 지난번 부검대에서 보았던 세 사람 중의 한 사람. 그러나 퇴직을 눈앞에 두고 있었으니 싱싱한 창하가 반가울 수밖에 없었다.

"애제자 타령하다 퇴직이 코앞이시니 잘 한번 키워보십시오."

백 과장이 말했다.

"퇴직이 코앞이면 뭐 하나? 선배님들도 죄다 객원 검시관으로 불려 나오는 판이니 나도 쉴 팔자는 아니지."

"그러게 말입니다. 검시관들은 정년을 100살까지 정해야 될 판입니다."

대화하는 사이에 다른 검시관들이 들어왔다.

"으음, 첫인상은 좋군."

냉철한 분위기의 권우재 선생이 들어오고.

"반가워. 우린 구면이지? 전쟁터에서 지원부대 만난 기분이야."

털털한 느낌의 지한세 선생은 황나래의 시신을 집도한 그 사람이었다.

"와아, 쿨 가이네. 우리 국과수 오긴 좀 아깝다."

명랑한 목소리의 주인공은 국과수 서울 사무소의 홍일점 소예나 선생.

"다른 선생들은 공무 출장 중이니 차차 인사하기로 하고… 아, 은지 씨, 천광배 선생 좀 불러요."

과장이 창가 책상에 앉은 여직원을 돌아보았다.

잠시 후에 연구원 한 사람이 들어섰다. 황나래 부검을 할 때 어시스턴트를 맡았던 천광배였다.

"어, 선생님."

그가 먼저 창하를 알아보았다.

"둘이 아는 사이입니까?"

과장이 광배에게 물었다. 광배의 나이가 적지 않으니 경어를 쓰고 있다. 공무원은 계급으로 민다더니 꼭 그런 것만도 아닌 것 같았다.

"지난번 송 교수님 초빙한 부검에 참가하셨던 분이십니다."

"그래요? 이제부터 같이 일하게 되었으니 부검실하고 부속실 둘러보고 각 과와 랩 실장들에게 인사 좀 시켜요. 내가 하면 좋은데 나도 할 일이 태산 같아서 말이에요."

"알겠습니다. 가시죠."

광배가 문을 가리켰다.

국과수에는 독립된 랩이 많았다. 유전자 검사 외에도 법치의학, 플랑크톤 검사, 혈액형 분석실, 거짓말 탐지실, 문서 감정실, 컴퓨터 포렌식, 영상 분석실, 생약 분석실에 독성물질 분석실, 마약 분석, 혈중 알코올 분석, 화재 감식, 총기 분석실, 교통사고 분석실까지 이어지니 셀 수도 없을 정도였다.

"어떠세요?"

총기 분석팀과 인사를 나누고 나오자 광배가 물었다.

"생각보다 세밀하고 방대한데요?"

"한국에서 일어나는 사건 사고의 분석은 대다수 여기서 시작되고 끝난다고 보시면 됩니다. 경찰에도 과학수사대가 있고 대검에도 과학수사부가 있지만 국과수 업무량과는 비교 불가죠."

"몰랐습니다. 저는 그저 부검을 주로 하는 줄 알았는데……"

"업무량으로 보면 유전자분석이 가장 많죠. 그다음이 혈액형 분석과 혈중 알코올 분석, 향정신성의약품… 부검은 국과수 검사의 꽃이지만 건수를 따지는 비율로 치면 2%도 되지 않습니다."

국과수의 꽃.

광배의 말이 귀에 꽂혀왔다.

"자, 이제 그 꽃을 보실까요?"

광배가 부검실 문을 열었다. 창하도 와본 적이 있는 부검실. 그러나 부검실은 하나가 아니었으니 창하의 선입견은 조금씩 무녀지기 시작했다.

"무균 부검실입니다. 메르스 환자도 여기서 부검하면 문제가 없죠. 이게 없을 때는 일반 부검실에서 부검하다가 결핵균이나 HIV에 감염된 검시관과 연구원들도 많았습니다. 시신으로 발견된 사체가 어떤 병을 가지고 있는지는 오직 신만이 알잖습니까."

광배가 무균실 문을 열었다. 지금은 부검 스케줄이 없는 것 같았다.

"뭐 그렇다고 모든 사체를 여기서 부검하는 건 아닙니다. 그렇기 때문에 아직도 감염은 부검 팀에게 공포스러운 일의 하나죠."

광배의 발길이 CT 촬영실 앞에서 멈췄다. 시신에 대한 촬영이 진행되고 있었다.

"원주 본원과 서울에 설치된 CT입니다. 다른 지역의 사무소는 점차적으로 들어올 겁니다."

일반 부검실로 가는 길. 다시 그 기묘한 방 앞을 지나게 되었다.

'왔군.'

창하가 지나가자 뼈를 치는 공명이 머리로 들어왔다.

"선생님."

광배가 부르지만 창하의 시선은 이미 그 방에 꽂혀 버렸다.

'이것······.'

마비 마법이라도 걸린 건지 다리도 움직이지 않는다. 착각이 아니었다. 그야말로 치명적인, 치명적인 콜이었다.

제5장
—
능력치 이식

"선생님."

광배가 다가와 어깨를 건드렸다. 창하의 정신 줄은 그제야 마비에서 풀려났다.

"여기는 와보셨죠?"

광배의 발이 부검실 앞에서 멈췄다. 안에서 두 팀이 움직이고 있었다. 피경철과 소예나였다. 그새 수술복을 입고 부검에 열중하는 것이다.

국과수 검시관은 한시도 쉴 틈이 없었다. 누구든 출근하면, 하루 3-4구의 시신을 부검해야 했다. 그나마 지역 검시관 사무소에 위탁을 하고 퇴직한 검시관들을 불러 객원 검시관까지 맡겨 분담을 하는데도 이 지경이었다. 만약 그것마저 없다면 국과수 검시관들은 전공의들처럼 하루 20여 시간 가깝게 부검을 해야 할지도 몰랐다.

피경철의 부검대가 가까웠다. 국과수 칼잡이의 산 증인으로 불리는 피경철. 그의 부검은 정말이지 몰입과 무아의 절정이었다. 수 많은 수술에 참관하고 부검대도 몇 번 참가를 했던 창하. 그러나 피경철의 집도는 대학병원의 어떤 스타 닥터들보다도 장엄하고 숭고한 모습이었다.

—의사는 산 자를 구한다.
—검시관은 죽은 자를 구한다.

무엇이 다를까? 부검대를 수술대로 생각하면 크게 다를 것 없는 광경이었다. 사람을 두 번 죽이는 부검. 그게 아닌 것이다.

몇 미터 더 걸어 소예나의 부검대를 바라보았다. 그녀의 진지함 역시 피경철에 뒤지지 않는다. 여자라는 느낌은 그 어디에도 없다. 그녀의 손이 장기를 들어낸다. 뇌와 심장, 간을 꺼내 1cm 사이즈로 절단해 가며 단면을 살핀다. 가냘픈 체구지만 익숙하게 시신을 다루는 솜씨. 부검이 아니라 하나의 연주를 보는 것만 같았다.

—검시관.

―폭망한 의사들이나 가는 마지막 피난처.

　잘못된 선입견의 껍질이 저절로 벗겨져 나갔다.

　"저 두 분이 서울 국과수의 대표 칼잡이들이시죠. 그래서
더 바쁘십니다."

　부검 분위기에 흠뻑 빠진 창하였기에 광배의 목소리가 안개
처럼 느껴졌다. 그사이에 부검을 끝낸 피경철이 복도로 나왔다.

　"이 선생."

　먼저 아는 척을 한다. 창하는 고개를 숙여 대선배에게 답례
를 했다.

　"한 바퀴 돌았나?"

　피경철이 광배에게 물었다.

　"예."

　"어때?"

　그가 창하를 바라본다. 풋풋한 신입을 보는 눈길이 부드럽
기 그지없었다.

　"생각보다 좋네요."

　솔직히 답했다. 올 때와 비교하면 이 대답은 뜻밖이었다.
반발 심리가 창하도 몰래 사라져 버린 것이다. 그때 피경철이
돌발 제안을 해왔다.

　"다음 부검 있는데, 볼 텐가?"

　"예?"

"천 선생, 준비 좀 시켜줘."

피경철이 광배에게 말했다. 창하의 부검 참가는 그렇게 결정이 되었다.

남자 29세.

부검대 위에 올라온 사체의 직업은 공시생이었다.

"보시게. 부검은 사건 기록부터 시작해야 하거든."

피경철이 서류와 사진을 내밀었다. 담당 형사가 가져온 것이었다. 사진 속의 사체는 원룸의 복도 끝에 있었다. 바닥에 엎드린 채 숨졌고 목에는 끈 한 가닥이 묶여 있었다. 올가미로 만든 매듭에서 줄이 끊어진 곳까지의 길이는 50㎝였다. 거기까지는 별 감각이 없던 창하, 다음 기록에서 촉이 혼란을 일으켰다.

「방에서 복도까지 28m 이동 후 사망」

"......!"

목을 매달고 28m 이동. 그렇다면 죽은 다음에 귀신이 되어 움직였단 말인가? 아니면 귀신이 와서 끌었단 말인가?

창하가 피경철을 바라보았다. 노련한 검시관의 설명이 필요했다.

"자살인지 타살인지는 부검해 보면 알겠지만 목을 매단 시체가 움직이는 경우도 있다네."

"……?"

"그보다 이런 매듭을 뭐라고 부르는지 아나?"

그가 매듭을 가리켰다.

"끈이 고리를 통과하니 활강성 매듭입니다."

"역시… 그 정도 소양이 되니 검시관 지원을 한 거겠지."

"……"

"이건 사건 현장에서 나온 또 하나의 끈이라네. 오래된 원룸을 개조한 건지 2.4미터 높이에 도시가스관이 있었다더군. 거기에 목을 매달았는데……."

피경철은 끈의 양쪽을 잡고 힘을 가해 끊어버리는 시늉을 했다. 목을 매달았지만 끈이 버티지 못하고 끊어진 것이다.

"그럼 떨어졌다는 얘긴데 죽지 않았어야 맞는 거 아닙니까?"

"유족들의 생각도 그렇더군. 누군가 아들의 목을 조여 교살하고 의사(縊死)를 가장한 거라는 주장이야."

"자살할 조짐은 없었나요?"

"가족 말로는 그런데… 경찰 조사 결과 이 청년이 최근 공무원 시험에서 4년 연속 7번이나 떨어진 경력이 있더군. 가족에게는 말하지 않고 알바를 하면서 시험을 치러왔는데 최근 시험에서도 낙방하자 실의에 잠겼던 모양이야. 그건 카공족 친구의 증언으로 증명이 되었네."

"하지만 그렇다고 해도……."

"물론이지. 서류와 현장 사진들은 하나의 참고 자료에 불과하네. 병원에서도 환자나 보호자의 말만 믿고 처방을 하는 건 아니지 않나?"

"그렇습니다."

"그럼 우리가 제대로 진단 내리러 가볼까?"

피경철이 일어섰다.

시신은 부검대 위에 있었다. 어시스턴트는 둘이었고 형사와 보호자가 참관인으로 들어왔다. 시신은 비교적 깨끗했다. 목 이외에는 큰 이상이 보이지 않지만 그렇다고 대충 끝나지 않는 게 부검이었다.

부검대에는 자연광이 들어오고 있었다. 나중에 안 일이지만 피경철은 주로 자연광 아래서 부검을 한다. 다만 비가 오거나 긴급을 요하는 부검은 예외로 한다.

머리부터 발끝까지 살핀 후에 인체를 몇 등분으로 나눠 세밀하게 체크를 시작한다. 작은 상처 하나도 그냥 지나칠 수 없다. 머리카락을 뒤집어 두피를 보고 눈꺼풀을 까본다. 콧구멍과 함께 혀가 살짝 돌출된 입속을 들여다보더니 후각을 세운다.

시신에게서 향기가 날 리 없지만 피경철은 경건해 보였다. 이 순간, 그는 한 사람의 환자를 보는 의사였다. 다만 그 환자가 시신일 뿐.

매의 시선이 목으로 내려갔다. 약간의 표피박탈과 함께 의흔이 보였다. 의흔은 목맨 자국이다. 목의 윗부분을 지나 턱

뼈각과 귀밑을 통과하고 있었다. 압박과 함께 변색된 피부가 시선을 끌었다. 다만 '완전 의사'처럼 강한 흔적은 아니었다.

자살을 위장한 교살이면 의흔은 수평으로 나타난다. 또 다른 점은 현수점이다. 현수점은 로프를 설치할 때 로프를 묶어 고정하는 부분이다. 자살로 위장된 의사는 자발적 의사에 비해 심한 흔적이 남는다.

찰칵!

사진이 바빠지기 시작했다. 피경철이 자를 대면 자동으로 카메라가 터진다. 오랜 팀워크이기에 말을 하지 않아도 통한다. 수술실에서도 이 정도의 호흡은 찾아보기 힘들 정도였다.

팔과 손, 손톱을 확인한 피경철이 아래로 내려갔다. 다리를 벌려보고 발톱을 확인한다. 다음으로 항문의 상태를 살피고 시신을 90도로 세워본다.

이제 메스가 출동할 차례였다. 메스는 그저 선을 긋는 듯 단정히 움직였다. 순식간에 가슴에서 불두덩까지 절개한 것이다. 그런 다음 흉곽을 노출시키고 갈비뼈의 연골을 역 V자로 잘라냈다. 이 절개는 어시스턴트가 시행했다.

장기가 드러나자 피경철의 시선이 번득거린다. 이중 장갑을 낀 손을 넣어 장기를 관찰한다. 그런 다음, 심장과 폐, 간, 비장, 부신, 신장, 췌장의 순서 순으로 적출해 무게를 잰 후에 줄 지어놓았다.

드륵!

다시 어시스턴트의 전기톱이 돌기 시작했다. 이 톱은 톱날이 회전하는 것이 아니라 반시계 방향으로 빠르게 진동한다. 두개골은 순식간에 비밀 공간을 드러내고 말았다. 정말이지 깔끔하다고밖에 볼 수 없는 내공이었다.

뇌를 살핀 후에 일부를 떼어내고 위장의 내용물과 냄새도 맡는다. 몇몇 조직들은 10% 포르말린 검체병으로 골인시켰다.

'아.'

그제야 알았다. 피경철은 지금 교과서적인 부검을 하고 있었다. 창하에 대한 배려였다. 부검은 이렇게 하는 것. 그러나 어시스턴트와 형사, 보호자 앞이니 말보다 행동으로써 창하에게 부검 술식을 선보인 것이다.

"한번 해보겠나?"

목 절개를 앞둔 그가 창하에게 눈짓을 보냈다. 얼떨결에 메스를 받아 들자 머릿속이 하얗게 변했다. 의사의 확인은 여러 방법이 있다. 목동맥속막의 열창과 빗장뼈 목빗근출혈도 유용하다. 죽은 사람의 목을 매달면 목동맥속막에 열창이 나타나지 않는다. 빗장뼈 기시부의 출혈도 목을 맨 근거로 유용하다.

'꿀꺽.'

사체를 처음 보는 것도 아니건만 마른침만 넘어간다. 긴장이다. 잠시 숨을 고르고 목을 잡자 피경철이 그 손을 막았다.

"……?"

"메스를 바꾸게. 아까 보니까 잘 안 나가더라고."

피경철이 윙크를 날린다. 메스는 이상이 없다. 그것조차 모를 창하는 아니었다.

'아.'

그제야 알았다. 목 부분의 해부는 뇌를 제거하고 잠시 간격을 둬야 한다. 그래야 얼굴에 있던 피가 빠져나가면서 목구멍 앞쪽의 근육 상황을 깔끔하게 볼 수 있기 때문이었다.

잠시 숨을 고르고 목을 절개했다. 침착하려 하지만 저절로 손이 떨렸다.

"오 형사님."

피경철이 오 형사의 주의를 끌었다. 오 형사는 살인사건 베테랑이다. 부검도 수십 차례 참관을 했다. 창하의 손 떨림을 알아차릴까 주의를 돌리는 것이다. 식은땀이 창하의 등줄기를 적셨다. 처음이라는 것. 참 신기한 일이었다. 그 순백의 감정이 창하를 떨게 만드는 것이다.

겨우 목을 열었다. 동맥 열창이 희미하고 빗장뼈의 목빗근 출혈 소견도 약했다. 이건 의사로 볼 수도, 교사로 볼 수도 있었다.

찰칵!

카메라가 인증 숏을 남겼다.

"잘했어."

부검이 종료되자 피경철이 위로를 해주었다.

"봉합은 제가 하겠습니다."

창하가 말하자.

"그건 내일부터."

그가 창하를 막았다. 궂은일이기에 맡기지 않는다. 그가 좋은 사람이라는 걸 엿볼 수 있는 일이었다. 그는 봉합술도 놀라웠다. 그 후에 오염된 부분을 닦아내고 단장을 해놓으니 산 사람인지 잠든 사람인지 구분이 가지 않을 정도였다.

"현재까지의 소견으로는 자살이 맞습니다."

피경철이 설명에 나섰다.

"그럴 리가요? 목을 매단 채 발견되거나 줄이 끊어졌다고 해도 그 아래에 떨어져야지 어떻게 수십 미터를 움직입니까? 이건 누가 봐도 타살이에요."

보호자가 반박에 나섰다.

"아셔야 하는 한 가지가 있는데 사람이 목을 매고 의식을 잃는 데는 보통 15초 내외의 시간이 소요됩니다. 목을 맨 장소와 끈의 길이를 볼 때 아드님의 몸은 허공에 뜨게 되는 방식입니다. 아드님이 신체와 끈의 강도를 계산하면 목이 매달린 채 발견되는 게 맞지만 끈의 한쪽에 흠이 있었습니다. 그 미세한 흠 때문에 인장력을 견디지 못하고 수초 만에 끊어진 것입니다. 거기부터가 중요한데 의식을 완전히 잃지 않은 순간에 끈이 끊어지는 바람에 남은 운동능력으로 인해 본능에 의해 움직였던 겁니다. 그때 매듭을 풀었으면 좋았겠지만 의식은 몽롱하고 매듭은 마찰열로 인해 목에 달라붙었기 때문에 풀지 못한 거죠."

"저는 수긍 못 합니다. 우리 아들은 절대 자살할 리가 없어요."

보호자는 완강하다.

"나가시죠. 밖에서 현장 사진 보면서 자세히 설명해 드리겠습니다. 아, 이 선생, 내일 보자고."

피경철이 퇴장을 했다. 창하도 부검실을 나와 수술복과 앞치마를 벗어버리고 손을 씻었다.

"선생님."

잠시 사라졌던 광배가 돌아왔다.

"여기가 바로 부검 정보관리실 NFIS입니다. 개원 이후 서울 사무소에서 부검한 모든 자료와 세계 각국의 참고 자료가 있는 곳이죠. 오직 검시관과 소장님의 허가를 득한 경우만 출입이 가능한데 선생님도 지금은 들어가실 수 없고 정식으로 부검 오더를 받으면 출입 패스워드를 받게 될 겁니다."

코너 앞에서 광배가 말했다. 두 개의 투명문 안으로 펼쳐진 관리실은 베일 속의 신비처럼 보였다.

"이제 거의 다 보신 거 같은데… 더 보고 싶은 데 있으면 말씀하세요."

"저는……."

창하의 시선이 저절로 돌아갔다. 방성욱의 귀신을 만났던 대리석 부검대가 있는 방이었다.

"거긴 안 쓰는 방인데……."

"알고 있습니다."

"알았습니다. 제가 가서 열쇠를 가져오죠."

문을 돌려본 광배가 창하를 등지고 돌아섰다. 제대로 잠긴 까닭이었다.

달그락!

기다리는 도중에 문을 만져보았다.

"……?"

그러자 푸른 연기가 아슴아슴하게 피어나더니 문이 저절로 열려 버렸다. 광배가 열 때는 꿈쩍도 하지 않던 문…….

*　　　　　　*　　　　　　*

"무엇 하느냐? 왔으면 들어오지 않고."

방 안에서 공명이 메아리쳤다.

"……."

창하의 발이 저절로 움직였다. 아니, 어쩌면 공간이 변하는 것 같기도 했다. 한순간에 벗겨지나 싶더니 창하는 그 방 안이었다. 대리석 부검대 앞이었다.

스릇!

부검대 위에 한 남자의 시신이 보였다. 놀랍게도 창하의 아버지였다.

"아버지."

자신도 모르게 소리치는 창하. 그러자 스산한 빛과 함께 방성욱이 나타났다.

"당신……"

"내가 말했지 않느냐? 반드시 돌아올 거라고."

"당신, 대체 뭡니까? 귀신입니까?"

창하 눈빛이 각을 세웠다.

"그렇겠군. 산 사람은 아니니까."

"우리 아버지가 왜 여기 있는 겁니까?"

"아는구나?"

"제 아버지도 모르는 사람도 있습니까?"

"많지. 요즘 같은 시대에는……"

방성욱이 움직였다. 그는 대리석 부검대의 네 모서리를 소리도 없이 이동하고 있었다.

"아버지를 좋아했나?"

"왜 묻는 거죠?"

"궁금해서. 나는 부모 얼굴을 모르고 살았거든."

"예?"

창하가 시선을 들었다.

"대신 무수한 소문과 함께 자랐지. 아버지가 동양 샤먼이었다느니 어머니는 아기를 가져서는 안 되는 영매라 나를 낳자

마자 저주를 받아 죽었다느니……."

"……."

"그렇다고 동정심 같은 거 가질 필요 없다. 그만큼 나는 미국 사회에서 더 강하게 자랐으니까. 아무 데도 믿을 데가 없는 여섯 살 동양 소년. 어리광 받아줄 사람 같은 건 없었거든."

방성욱의 목소리에서 시린 감정이 느껴졌다. 그건 공감이었다. 창하도 성인이 되기 전에 부모를 모두 잃었다. 이모가 잘해주기는 했지만 엄마 아빠의 손길 같을 수는 없었다. 특히나 고3의 수험 생활과 전쟁터 같은 전공의 때는 그 빈자리가 더 컸다.

동료 인턴의 어머니가 보양식을 해 왔을 때…….

'아유, 얼굴이 이게 뭐야? 우리 아들 반쪽이 됐네' 하고 따뜻하게 감쌀 때, 창하는 언제나 광활한 사막에 혼자 떨어진 기분이었다.

"한 반년 다니다 그만둔다고?"

방성욱의 목소리가 뼈를 치고 들어왔다. 귀신이 틀림없다. 그렇기에 창하의 속마음까지 읽어내는 독심술이었다.

"그럼 이 짓을 평생 하란 말입니까? 연봉도 명예도 없는 검시관 일을? 내가 의대와 전공의 과정에서 하자가 있는 것도 아닌데?"

"그럼 여기서 일하는 검시관들은?"

"예?"

"한번 보여줄까?"

방성욱이 손을 휘젓자 검시관들의 의대생 시절이 떠올랐다. 그들의 꿈도 당연히, 검시관은 아니었다. 시대에 따라 인기 과의 대세는 변하지만 그들 역시 평범한 의대생으로 인기 과의 전문의를 꿈꾸고 있었다.

"이건 어떨까?"

그가 다시 빛을 뿌리니 창하의 미래가 보였다. 범접 불가의 내공을 겸비한 검시관의 모습이었다.

"CG입니까?"

창하가 웃었다. 국과수 검시관은 의무가 아니었다. 공채를 통과했다지만 막말로 내일부터 나오지 않는다고 해도 경찰에 구속될 일이 아니었다.

"조작이 아니야. 천장소명(天定召命)이지."

"천장소명?"

"자네에게 정해진 자네 운명의 길. 자넨 이 길을 가도록 예정되어 있고 가야만 대성하게 되어 있어. 그래서 내가 자네를 기다린 것이고."

"나를 기다렸다고요?"

"그 손의 반지."

'반지?'

그제야 손가락을 바라보았다. 할머니의 반지가 아침의 첫 햇살 같은 빛을 뿜고 있었다. 신기한 건 그의 메스에 붙은 작은 조각도 그랬다. 어둠 속에서도 두 개의 우주가 만난 듯 교차가 되는 것이다.

"천기누설을 하나 하자면, 자네가 병원으로 가면 많은 사람의 치료에 일조를 하겠지만 검시관을 하면 세상을 구하고 부와 명예를 거머쥘 수 있지."

"풋, 국과수 법의학부장 연봉이 얼마인지는 알고 하시는 말씀입니까?"

"왜 모르겠나? 검시관의 연봉은 미국에서도 마찬가지라네. 검시관을 하면 18,000불 정도, 그러나 해부병리학자로 일하면 35,000불은 문제없지."

"알면서 무슨 부를 논하는 겁니까?"

"검시관만 하면 그렇겠지만 영국처럼 민간 법의학 센터를 만들면 얘기가 달라지지."

"한국에서 그게 가능이나 한 얘기입니까?"

"영국의 법과학공사 FSS도 처음에는 민간기관이 아니었네. 하지만 이미 20여 년 전에 재직 인원 3,000여 명에 매출이 1억 5천만 파운드를 돌파했지."

1억 5천만 파운드. 한화로 계산하면 2,200억을 넘는 거액이었다.

"게다가 현재 미궁에 빠진 심장 도난 살인사건. 그건 누가 해결할 텐가?"

"나라는 겁니까?"

"장담은 못 하지. 하지만 사체에서 범인의 흔적을 찾아낼 능력을 가진 사람은 자네밖에 없어. 전 인류를 통틀어."

'인류?'

방성욱, 너무 나가고 있었다. 귀신의 농간으로 지원서를 클릭해 끌려온 신참 검시관. 게다가 아직 발령장도 안 받은 상태였다. 그런 사람에게 능력 운운이라니…….

하지만!

근거는 있었다. 바로 창하가 읽어낸 네 개의 희미한 링이었다.

"그것 때문입니까?"

"맞았다."

"동그란 링이 열쇠라는 겁니까?"

"네 반지의 조각을 뽑아 여기 끼우면 네 개의 링이 여덟 개의 눈으로 변할 거다. 사악한 고대 정기가 스민 살인마의 행적을 볼 수 있는 눈… 나머지는 네 실력으로 헤쳐 가면 돼."

"어느 세월에요? 당신처럼 능력자라면 몰라도…….."

"내 생전의 노하우와 능력치를 네게 이식해 줄 것이다."

"예?"

창하가 한 발 물러섰다. 미국 최고의 검시관 중 한 명이면서 국과수의 에이스이자 전설로 불렸다는 부검 실력의 방성욱. 그 능력을 준다고?

"그게 말이 됩니까? 능력치가 무슨 혈액이나 장기이식도 아니고."

"안 되면? 지금까지의 일들은 말이 되었나?"

방성욱이 창하 코앞까지 다가왔다.

"……."

"그렇기에 그와 내가 혼을 깎아가며 너를 기다린 것이다."

"내가 왜 대상자가 된 것입니까?"

"그 반지……."

"반지?"

"거기 새겨진 작은 조각이 백택이다. 일정 주기를 두고 인류 사회에서 자행되는 살육 파티. 그 감지를 위해 백택의 반지로 이어지는 의사나 샤먼의 가문 후예."

"살육 파티?"

"백택은 우주 만물에 통달한 신령스러운 존재다. 그렇기에 고대의 정기가 변해 살귀로 둔갑한 자가 죽인 시신의 상흔을 규명할 수 있지. 물론 살귀의 정체를 밝힐 수도 있고."

"이 반지가? 하지만 이건 내 것이 아니라 할머니의 것이었습니다."

"이제 네 것이다."

"헛소리. 그렇게 정해지는 거라면 아무나 끼면 되는 거 아닙니까?"

"그렇다면 빼보거라. 그게 빠진다면 내 말이 잘못된 것이다."

"젠장, 이깟 반지야 아무나 빼서 끼면… 응?"

손에 힘을 주던 창하 오감이 오싹하게 변했다. 반지가 빠지지 않았다. 게다가 뼈가 으스러질 듯 아팠다.

'뭐야?'

"이제야 알겠느냐? 네가 바로 그 반지의 주인이라는 것. 그 반지는 하늘이 이 불행에 대비해 남긴 것이다. 수천 년 동안 그랬고 덕분에 11,520이나 되던 사악한 정기는 이제 소수만 남았다. 이것은 너에게 주어진 사명이니 400여 년 전, 조선 최초로 해부를 실시한 먼 조상의 핏줄로부터 예비된 일이었다. 그때 그분도 당대의 살인마 아홉을 찾아 없앴으니까."

"젠장, 사명이니 뭐니 잘도 짜 맞추는군요."

"이것, 지엄한 숙명이다."

방성욱의 묵직함이 오감을 흔들었다.

"숙명?"

"받들거라."

"난감하군요. 검시관을 꿈꾼 적은 한 번도 없는데……."

"병자를 치료하는 것만이 의사는 아니다. 죽은 자의 원한을 풀고 사인을 밝히는 것 또한 산 자의 마음을 치유하는 것. 게다가 살인마의 폭주까지 막을 수 있는데 의사된 양심으로 주저한단 말이냐?"

이번 목소리는 할머니를 닮았다.

"우리 창하, 의사 되면 비행기하고 스포츠카 사줄게."

창하라면 자다가도 일어나시던 할머니… 그러나 느닷없이
절명해 창하를 절망케 하신 분. 그때 창하는 세상이 원망스
러웠다. 아버지에 이어진 할머니의 죽음. 누구 하나 속 시원히
설명하지 못하던 그 아픔…….

"훗, 할머니 목소리까지 흉내 낼 필요는 없잖아요. 할머니
라면 제트기하고 스포츠카 준다고 꼬셨을 텐데… 아 참, 예쁜
여자도……."

"주지."

방성욱이 콜을 받았다.

"예?"

"그 반지의 주인을 기다린 긴 세월, 내게 이 일을 알려준 영
혼과 함께 준비한 게 있었다."

"내가 전문의가 될 때까지 기다렸다는 겁니까?"

"반지 때문이지. 어둠 속에 숨어 있다가 며칠 전에야 빛으
로 나왔거든. 그 또한 예정된 것이니 우리가 이 땅에 머물 날
이 머지않음을 반지가 안 까닭이었다."

"……!"

창하 머리카락이 솟구쳤다. 그날이었다. 전공의의 마지막
날, 돌연 할머니의 반지를 꺼내 본 그날. 반지에서 이상한 빛
이 뻗쳐 나왔다. 그러니까 방성욱은 그때 창하의 소재를 파악

하게 된 것이다. 그리고, 그 배배 꼬이는 날 창하를 국과수로 부른 것이다.

"너를 기다린 것. 숙명을 전해주려는 것이기도 하지만 내 생전의 능력을 이식해 주려는 뜻이기도 했다."

"당신의 능력……."

"무거운 짐을 지게 되는데 그만한 보상은 해줘야지. 내 경험치와 치명적 감염에 대한 면역 실드, 그리고 백택의 눈을 갖게 될 것이다. 그만하면 제트기에 스포츠카, 예쁜 여자가 아쉽지 않을 보상이 아닐까? 적어도 이 분야에서 너는 최고가 될 테니까."

"경험치라니… AI처럼 해마에다 칩이라도 이식한다는 겁니까?"

"AI까지 갈 필요는 없네. 영적인 신비로도 그 정도는 가능하니까."

"면역 실드는 또 뭡니까?"

"부검의들은 늘 위험에 노출되어 있지. 탁월한 능력을 지닌 검시관이라면 노출 빈도수는 더 늘어날 일. 고대의 정기를 받은 요괴 살인자와 싸워야 할 짐까지 지우는 판에 잡다한 신종 세균과 감염증에 대한 면역력은 줘야 할 일 아닌가? 아니면 결핵이나 에이즈, 혹은 신종 감염병에 걸려 허무하게 죽을 수도 있으니. 나처럼 말이야."

"그럼 당신도 감염증으로?"

"그렇다."

"아……."

"그리고 이건 소명의 길을 가는 데 대한 보너스다."

방성욱이 아버지의 시신으로 다가섰다. 그가 손을 들자 아버지의 등이 90도로 세워졌다. 거기 선명한 건 손바닥 자국이었다. 창하가 장례식장 입관식에서 보았던 의문의 그 흔적……

"무슨 뜻이죠?"

"기억은 하겠지?"

"잊고 싶던 기억을 당신이 다시 살렸지 않습니까?"

"잊고 싶지 않았지. 단지 어린 마음의 체념이었을 뿐."

방성욱, 역시 창하 마음을 족집게처럼 집어낸다.

"그러나 내 경험치를 받게 되면 이 자국이 무슨 뜻인지 알게 될 것이다."

알게 된다고?

그럼 손바닥 자국이 아버지의 주검과 연관이 있다는 것인가? 그렇다면, 그렇다면 혹시 타인에 의한 주검?

*   *   *

"시작할까? 나도 그도 이제 영면에 들 시간이 되어서 말이야."

그제야 방성욱 뒤로 아스라한 형체가 보였다. 푸르게 일렁이는 빛은 방성욱의 것보다 엷고 아련했다. 그러나 더욱 강력한 오감 관통으로 다가온다.

"느끼나? 자신의 몸까지 실험해 가며 백택이 예견한 사악한 살인마들을 추적해 온 사람. 스스로 주검이 되어 나에게 소명을 이어준 스티브 곽."

"스티브 곽?"

"오래전 뉴욕에서 죽은 중국계 점성술사시다. 백택의 예지를 이어줄 소명자였으니 이 능력의 이식 또한 그만이 가능한 일이다. 나는 너를 찾아내기 위한 촉매의 역할일 뿐."

"……"

"양지에서 노벨상에 빛나는 스타 의사가 있다면 음지에서도 대스타 의사 하나쯤 나와야지. 약속하건대 자네의 미래는 그 어떤 의사의 영광보다 빛날 테니 나를 믿고 준비하시게. 스티브 곽도 이미 레디 상태니까."

방성욱의 말과 동시에 점성술사가 두 팔을 벌렸다.

음지의 스타 의사.

공감이 갔다. 사실 해부병리의도 음지의 의사에 속한다. 게다가 아버지의 주검까지 나오니 마음이 열렸다. 마침내 창하도 눈을 감았다.

화르릇!

점성술사의 몸에 네 개의 링이 피어올랐다. 창하 몸도 그랬다. 그 여덟 링의 고리가 방성욱의 뇌를 쓰다듬기 시작했다. 뇌 표면에 불이 붙는다. 방성욱의 메스가 저절로 움직이니 뇌가 반으로 열렸다. 그 안에 비밀스러운 해마가 보였다. 가지런히 열린 뇌수 안에서 신성에 깃든 해마.

'후읍!'

점성술사가 호흡을 하나 싶더니 해마의 궤적이 창하 머릿속으로 들어왔다. 궤적은 후주위피질과 편도체를 동시에 몰아친다. 기억을 담당하는 뇌의 해마. 검시관답게 정보가 가장 효과적으로 입력되는 통로를 택한 것이다.

"어엇!"

"반감을 갖지 말고 즐겁게 혹은 슬프게… 그런 감정 상태라야 기억이 선명하게 각인된다는 건 뇌를 공부할 때 배웠겠지?"

방성욱의 설명이 따라붙었다.

빛의 궤적은 이제 창하의 해마에 닿았다. 압축된 부검 케이스들이 창하 해마 안에서 풀리기 시작했다. 내인성 급사와 손상, 총기, 독물, 질식, 성범죄와 법인류학, 법치의학까지. 온갖 케이스들이 부검에서 시신의 역순으로 차곡차곡 쌓여갔다.

'복원?'

창하의 의식이 꿈틀거렸다. 수만 건의 경험치에서 느껴지는 부검의 정의는 복원이었다. 어떤 손상이 어떻게 회복되면 목숨이 깨어날 수 있을까? 혹은 죽지 않았을까?

마무리는 점성술사였다. 그가 자신의 몸에 두른 네 개의 링을 걷어 창하에게 걸었다. 창하의 빛 고리는 이제 여덟 개가 되었다.

할 일이 끝난 것인지 점성술사의 빛은 점점 희미하게 변했다. 동시에 방성욱의 해마에 빛나던 빛도 꺼져갔다.

'……?'

창하의 현기증도 조금씩 나아졌다. 살포시 눈을 떴다. 경험치 이식이 끝난 모양이었다.

"경험치의 백미는 이것이다. 여기 빈 구멍에 네 반지의 조각을 끼우면 이론에 더불어 실전까지 완성될 것이다."

방성욱이 메스를 들어 보였다. 백택이 조각된 그 메스. 이제는 칼집까지 함께였다.

"내 경험치 속에는 나의 유품도 들어 있다. 그것들 역시 너의 것이니 기다린 자의 고단함을 알아 한 번은 살펴보기 바란다."

메아리와 함께 방성욱의 목소리가 흐려지기 시작했다.

"선생님."

처음으로 그를 선생이라 불렀다.

"선생이라… 듣기 좋구나. 하지만 내 경험을 물려받았으니 스승이라고 부르면 더 좋으련만."

"스… 승님."

못 부를 것도 없었다. 그의 경험을 전수받았다면 당연히 스승이었다.

"그리고……."

"……."

"이건 내 사연이라 짐을 지우기 싫다만 시간이 나거든 내 사인도 밝혀주기 바란다."

"사인은 신종 감염증이었다면서요?"

"하지만 석연치 않거든."

"의심 가는 사람이 있군요?"

"그것도 네가 밝힐 일이다."

"가까이 있습니까?"

"그렇지. 아주 가까이……."

가까이.

가까이…….

단어와 달리 방성욱은 점점 멀어지기 시작했다. 그 옆에 선 형체도 마찬가지. 점성술사의 형체는 딱 한 번 밝아지더니 찬란하게 스러졌다.

순간 대리석 위의 아버지 시신 형체도 아스라이 무너졌다. 모든 것이 사라진 것이다.

"……!"

덜컥.

황당해할 사이도 없이 문이 열렸다. 광배였다.

"이 선생님."

"……?"

"어떻게 들어온 겁니까?"

"그게… 손잡이 돌리니까 그냥 열리더라고요."

"예? 그럴 리가요?"

광배가 스위치를 올렸다. 실내에 불이 들어왔다. 불 켜진 옛날 부검실은 느낌이 창백했다. 적막하고 스산하다. 더 놀라운 건 부검대였다. 청녹색 아우라가 깃들던 부검대는 먼지투성이었다. 손으로 미니 켜켜이 쌓인 먼지가 하얗게 묻어날 정도였다.

"손대지 마세요. 오래된 거라 먼지가 많습니다."

광배가 주의를 주었다.

"그런데 여기 대체 뭐 볼 게 있다고……."

"죄송합니다."

"아닙니다. 하긴 이 고물 부검대, 조금 있다가 폐기물업자가 와서 철거할 거라고 하더군요."

"이걸 가져간다고요?"

"싹 치우고 분석실로 쓴다고 들었습니다."

철거?

그렇다면 백택이 조각된 메스는 어디에 있단 말인가? 광배 몰래 주머니를 확인했다. 창하도 모르는 사이에 들어왔나 싶었지만 그건 아니었다.

'메스를 어떻게 준다는 거야? 내 차에 실어놓기라도 했나?'

그때였다. 웅성거리는 소리가 나더니 인부 세 사람이 들어섰다.

"아, 오셨나 보네요."

광배가 인부들을 바라보았다.

"좀 나가주시겠습니까? 이거 뜯어내야 하거든요."

인부를 데려온 행정 직원이 말했다. 창하가 문 쪽으로 물러섰다. 대리석 판은 두 조각이었다. 그걸 떼어내고 해체를 시작하니 부검대는 허무하게 분해가 되었다.

그 인부 둘이 부검대를 들고 창하 앞을 통과하는 순간, 땡그랑, 금속성이 울렸다.

짜르르르.

맑은 진동이 멈춘 금속. 방성욱이 들고 있던 메스였다. 인부들이 대리석 판을 기울이자 거기서 떨어진 것이다.

"어, 그거……."

창하가 집어 드니 광배가 아는 눈치를 보였다.

"아는 겁니까?"

창하가 물었다.

"방성욱 과장님이 쓰던 거 같은데… 그 빈 구멍하고 조각 보면 알 수 있거든요. 그 조각 찾는다고 광고도 내셨던 거 같은데… 내가 그분 어시스트를 했기 때문에 잘 알죠."

"광고까지요?"

"우리 과장님, 과학적 증명을 하는 검시관에 어울리지 않게 샤머니즘적인 취향이 있었거든요. 그 빈 구멍에 들어갈 조각을 찾아야 한다고……."

광배가 메스 손잡이 끝의 빈 구멍을 가리켰다. 그 눈에 창하의 반지가 들어왔다.

"어? 이제 보니 선생님 반지의 조각이?"

광배의 눈빛이 기묘하게 변했다.

"이거 제가 가져도 될까요?"

대충 얼버무리며 광배에게 물었다.

"그러세요. 어차피 과장님은 고인이시고, 저야 메스 같은 거 쓸 일도 없고… 그리고 보니 선생님이 방 과장님 후예가 되실 징조 같네요. 과장님이 에볼라 바이러스 감염으로 사경을 헤맬 때 면회를 갔더니 그러셨거든요. 나중에라도 이런 조각 가진 검시관이 오면 잘 대해주라고요."

"어떤 분이셨나요?"

"능력이라면 뭐 세계적이었고… 아까 말했지만 샤머니즘적인 취향이 있었어요."

"예를 들면?"

"중국의 전설이나 한국의 신화 같은 거 무지하게 탐독하시고… 고대부터 근대까지의 심장사에 집착하시고… 가끔은 부검할 시신 옆에 누워 속삭이거나 시신의 손을 잡기도 하고… 다른 분들은 새로 신설될 원장 자리 노리고 왔다고 견제하느라 그런 행동을 비웃기 바빴지만 저는 존경했습니다. 법의학은 과학이지만 죽은 사람을 대하는 일이니 영적인 면도 배제할 수 없다고 생각하거든요."

'영적……'

"요즘 사건 보면 그 말이 맞는 것도 같고요. 그분이 그러셨거든요. 머잖아 희대의 살인사건이 터질지 모른다고. 그렇게 앞서가는 바람에 경쟁자들에게 비난의 빌미를 주기도 했고요."

"경쟁자라고요?"

"여기도 사람 사는 데잖습니까? 우리 같은 어시스턴트야 그렇지만 검시관들은 소장도 되고 원장도 되어야 하니까요."

"그렇군요. 고맙습니다."

친절한 광배에게 인사를 하고 주차장으로 나왔다.

집에 도착하니 긴장이 풀렸다.

영적!

그 단어가 딱이었다. 그렇지 않고서는 설명될 하루가 아니었다.

하루.

그러나 하루의 경험치가 아니었다. 어쩌면 수십 년이 흐른 것만 같았다. 손을 보았다. 어쩐지 깊은 내공이 느껴진다. 핸드폰으로 얼굴을 비쳤다. 눈동자도 살짝 미묘하게 변한 것 같았다.

벽에 걸린 렘브란트의 '툴프 박사의 해부학 실습'을 돌아보았다. 창하는 그림에도 재주가 있다. 그렇기에 한때는 레오나르도 다빈치처럼 살고 싶었고 벽에는 고흐의 해바라기 등으로 장식을 했다.

그때는 허접하게 보았던 검시관. 오늘 이런 일을 겪으니 '허접'이라는 단어를 메스로 잘라내는 창하였다.

'정말…….'

툴프 박사 앞에 놓인 카데바를 보며 중얼거렸다.

'그분의 경험치를 받은 건가?'

신들린 부검 실력에 감염의 면역 실드, 그리고…….

'미궁 살인 살인마의 흔적을 감지하는 백택 8안?'

그의 메스를 꺼내 들었다. 칼집을 벗기니 은빛 칼날이 드러났다. 손잡이 끝에 빈 구멍이 허전하다. 은반지의 작은 조각을 뽑아 메스의 빈 구멍에 넣었다. 그러자 여덟 링이 빛을 뿜기 시작했다. 거울을 보니 반지의 빛과 창하의 빛이 하나를 이룬다.

'이게 고대의 사악한 정기를 본다는 백택 8안?'

이제는 메스 전체가 햇살 덩어리였다. 신성하면서도 밝은 빛살. 그건 틀림없는 희망의 햇살이었다. 더 신기한 건 반지였다. 아까는 뼈를 으스러뜨릴 듯 아프던 반지가 저절로 빠져나왔다. 반지의 역할은 거기까지인 모양이었다.

노트북을 켜고 방성욱을 검색했다.

굉장했다.

대단하게 바라보던 송대방 교수는 깜도 아니었다. 미국의 검시관은 ME(Medical Examiner)라고 부른다. 변사(變死)의 법적조치에 대해 검찰이나 경찰보다도 우선권을 가지고 있다.

뉴욕 검시소에서 활약한 그는 미국을 대표하는 검시관이었다. 최고의 검시관에게 주는 '밀턴 헬펀'상을 단골로 수상했고 뉴욕뿐 아니라 유럽의 미궁 사건들까지 해결해 주었다.

백미는 바티칸의 부검이었다. 수백 년 소문으로 나돌던 바티칸의 사생아 문제를 증명해 센세이션을 일으키기도 했던 것이다.

'이런 분의 경험치가 내게 이식이 되었다고?'

해마가 뜨끈해 왔다.

자부심이다. 이제는 검시관이 우습지 않았다. 아니, 신성한 소명의 직업이었다.

'부검……'

기왕 이렇게 된 거 즐겨보지요.

화면에 생생한 방성욱의 모습을 보며 다짐을 했다.

제6장
—
파란의 신참 검시관

"가자고. 임용장 받아야지?"

국과수에 출근하자 백 과장이 앞장섰다. 국과수는 공조직, 병원과 달리 행정적인 절차가 많았다.

「이창하, 의무사무관에 보함」

흰 종이 위에 새겨진 창하의 이름이 또렷했다. 종이 한 장으로 창하는 공무원이자 정식 검시관이 되었다. 다음으로 운영 지원과에 내려가 공무원증 발급을 위한 사진과 월급 입금용 통장, 수당 입금용 통장 등을 등록했다.

"이제 정식으로 국과수 패밀리가 되었군. 잘해보자고."

백 과장이 악수를 청해왔다.

"이창하?"

법의조사과에서 방을 배정받을 때였다. 낯익은 사람이 다가와 창하 이름을 불렀다.

"길관민 선배님."

창하 눈이 휘둥그레졌다. 창하가 인턴일 때 레지던트 말년 차였던 길관민이었다.

"맙소사, 여기로 온 거야?"

"여기 계셨습니까?"

둘은 동시에, 거의 같은 말을 해버렸다.

"뭐야? 인턴 때는 똘망똘망한 거 같더니 전공의 때 성적 조졌냐?"

걸쭉한 입담이 나왔다. 그는 원래 말투가 거친 사람이었다.

"뭐, 그렇게 되었습니다. 그런데 선배님은 언제 여기?"

"전문의 따고 펠로우 뛰다가 부원장하고 한판 붙었지. 그랬더니 기분 더러워서 병원 밥 먹기 싫더라고."

"예……."

"그나저나 세상 좁네. 신입이 왔다기에 어떤 골 빈 인간이 지원했나 했더니 그게 너라니……."

"잘 부탁합니다."

"부탁하고 말게 뭐 있어? 여긴 놀고먹는 사람 없어. 날마다 전투거든."

"둘이 아는 사이?"

피경철이 가운을 두르며 다가왔다.

"같은 병원에서 전공의 과정 밟았습니다. 나름 소질 있는 친구였으니 제 몫은 할 것 같네요."

"임용장 받았나?"

피경철이 물었다.

"예, 방금……."

"그럼 이제 빼도 박도 못 하는 검시관이야. 수술복 입으라고. 나 부검 들어가야 하거든."

"예."

임용장 프린터의 잉크가 마르기도 전에 업무 시작이다. 일 년 365일, 국과수의 부검실은 불 꺼지는 날이 없었다.

"보통 한 일 년은 선임자와 같이 부검하면서 경험을 쌓게 되네. 하지만 말이 그렇고 보통은 한 달쯤 지나면 간단한 것부터 부검 시작하지. 아무튼 자넨 재수 없게도 퇴물인 나를 선임자로 두게 된 거고."

"별말씀을 다 하십니다."

"사실이 그렇거든. 임용장 받았으니 말인데 검시관이 공무원이라고 9시 출근 6시 퇴근이 아니라네. 야근도 밥 먹듯이 하고 휴일에도 나올 수 있지. 참고로 말하는데 5급 이상은 시간 외 수당도 안 준다네."

"진작 알려주시면 좋았을 걸 그랬습니다."

창하가 웃었다.

"그랬나? 내가 채용 공고에 한 줄 달아놓으라고 했는데 30년이 다 되도록 안 달더라고."

피경철도 웃었다.

"임용 후 첫 부검이잖아. 그래서 좀 양호한 사체를 배정해 달라고 했네. 사회생활이란 게 시작이 좋아야 하니까."

"예."

부검실에 딸린 방에서 형사를 만났다.

"정리해고를 당한 후에 대학생 딸과 둘이 살던 58세의 남성입니다. 자택 사망인데, 아침에 딸이 학교 갈 때만 해도 멀쩡했는데 오후에 돌아와 보니 사체로 변했답니다. 근자에 사람 만나기를 싫어했지만 큰 지병은 없었고 외부인의 침입 흔적도 없지만 허리에 큰 멍이 보여서요. 따님 말에 의하면 사망하기 하루 전에 집 앞에서 아홉 살짜리 여자아이가 타던 자전거에 부딪쳐 넘어진 적이 있다던데 드라마에서는 그렇게도 죽을 수 있다면서 부검을 요구해 왔습니다."

형사가 현장 상황이 담긴 사진을 꺼내놓았다.

피경철이 사진 검토를 시작했다. 진지하다. 사진에서부터 이미 부검은 시작된 것이다. 오른쪽 허리에서 둔부로 내려가는 멍은 상당히 큰 편이었다. 일상에서 생긴 멍이라기엔 설득력이 떨어진다. 딸이 의심을 가질 만도 했다. 하지만 아홉 살

아이가 집 앞에서 타던 자전거. 속도가 날 리도 없건만 자칫하면 복잡한 사건이 될 수 있었다.

"가죠."

피경철이 일어섰다. 검시관은 부검으로 말한다. 사체는 이미 어시스턴트들에 의해 부검대 위에 모셔져 있었다. 광배와 우원빈이 팀이었다. 우원빈은 20대 후반이었다.

피경철은 몇 미터 앞에서 걸음을 멈췄다. 멀리서 전체의 느낌을 보는 것이다. 나중에 안 일이지만 검시관들은 저마다 자신만의 루틴이 있었다.

사체는 평범했다. 보통의 키에 보통의 살집이다. 사체는 생존 때보다 키가 조금 줄어들지만 그걸 감안하더라도 표준형 체격이었다.

피경철은 외표부터 관찰해 나갔다. 오른쪽 팔꿈치와 어깨, 종아리에 찰과상, 허리 부근에 타박상의 소견이 보였다. 그중에서도 허리 아래로 흐르는 멍의 사이즈가 컸다. 창하는 피경철의 시선을 쫓아가지 않았다. 시신에 대한 시선은 정돈된 스캔이었다. 시체를 보기 무섭게 방성욱의 경험치가 발동을 시작했다.

'이것 봐라?'

호흡을 가다듬었다. 이 부검은 피경철의 부검인 것이다.

창하의 눈은 매의 그것처럼 사망자의 구석구석을 파헤쳤다. 사망자의 머리카락, 손살, 손톱 등이었다. 엄지손톱 안에 하얀 티끌이 보였다.

"용케 찾아냈군. 페인트 같은데? 칠을 만졌나?"

피경철이 미소를 지었다.

'해보겠나?'

메스를 든 피경철이 눈빛을 보냈다. 창하는 자신의 메스를
꺼내 들었다. 방성욱에게 물려받은 그 메스였다. 스릉, 칼집을
나오자 여덟 링의 빛살이 더욱 선명해졌다. 빛은 다른 사람의
눈에 보이지 않았다.

쇄골부터 복장뼈까지 Y자 형태로 메스를 넣었다. 메스가
한 번 움직이니 시신의 가슴이 시원하게 열렸다.

"응?"

피경철의 눈이 휘둥그레졌다. 어제 손을 떨던 창하가 아니
었다. 그야말로 기막힌 절개식을 펼쳤으니 30여 년 내공의 자
신보다도 나아 보이는 솜씨였다. 광배와 우원빈의 눈빛도 심
상치 않다. 첫 출근한 검시관. 아무리 해부병리를 전공했다고
해도 실전에서는 어시스턴트를 하는 그들만도 못한 게 보통이
었다. 하지만 창하의 메스는 퀄리티가 달랐다.

바로 그때, 다른 어시스턴트가 들어왔다.

"피 선생님, 소장님 호출입니다."

"부검 중이잖아?"

"죄송합니다. 미궁 살인으로 보이는 시신이 들어왔답니다."

"……?"

그 한마디에 어시스턴트와 형사까지 전격 반응을 했다.

"젠장할, 할 일이 태산인데 살인 주기가 점점 짧아지는군. 잠깐만 기다리게."

피경철이 어시스턴트를 따라 나갔다.

집도의가 나가자 부검실이 휑해졌다. 30분이 지나도 피경철은 돌아오지 않았다.

"아, 오후에 할 일이 태산인데 큰일 났네?"

형사가 시계를 보며 조바심을 냈다.

딸깍!

순간 부검실에 전기 스위치가 내려갔다.

"뭐야?"

원빈이 전격 반응을 했다.

딸깍!

다시 불이 들어왔다. 스위치 앞에 선 건 창하였다.

"선생님."

광배가 어리둥절한 표정을 지었다.

"불 끄면 어떻게 보이나 싶어서 한번 꺼봤어요. 부검 진행하죠."

창하가 메스를 집어 들었다. 임용 첫날임을 아는 광배가 뭐라고 하려 했지만 창하의 메스는 이미 복부를 가르고 있었다. 단 하나의 군더더기도 없는 유려한 칼질. 말리려던 광배는 자신도 모르게 입을 닫았다.

복부가 열리자 복강과 골반 쪽에 대량 출혈이 보였다. 핏덩이가 밀려 나오지만 미동도 없는 창하. 그는 피경철보다도 노련한 눈빛으로 상황을 짚어나갔다.

"보다시피 사체에 피멍과 찰과상이 몇 군데 있습니다. 피하출혈이죠. 멍이 20% 이상 번지면 급성 신부전증이 올 수 있습니다. 이것이 외부에서 야기된 근육 손상이라면 미오글로빈이 혈액으로 배출되어 신부전을 일으키기 때문입니다. 하지만 이 경우의 멍은 신부전을 일으킬 정도의 손상은 아닙니다. 그렇다면 계단 같은 곳에서 실족해서 굴렀거나 추락, 혹은 그 따님의 말처럼 충돌사고를 의심해 볼 수 있을 것 같습니다."

"그럼 역시 자전거 때문에?"

형사의 표정이 진지해졌다.

"가능성이 높은 순으로 말한 것뿐입니다. 같이 확인해 보도록 하죠."

창하는 막힘이 없었다. 이미 수천 건의 부검을 해본 자신감과 판단력이 저절로 손을 움직이는 것이다. 시신의 가슴이 열렸다. 그러자 A4용지처럼 새하얀 폐가 양쪽에서 모습을 드러냈다.

"찍으세요."

창하가 어시스트를 바라보았다. 우원빈은 잠시 주저하지만 광배가 눈짓을 주니 그 말에 따랐다.

찰칵!

카메라가 터졌다.

"폐와 간, 심장은 모두 붉은색입니다. 하얗게 변색이 되었다는 건 혈액이 들어오지 못했다는 뜻이죠. 현장에 혈흔은 없었다고 했죠?"

창하가 형사에게 물었다.

"네, 현장은 깨끗했습니다."

"외부 충격이 있었던 것은 사실입니다. 그렇기 때문에 혈관이 터졌고 혈액이 대량으로 나와 복부에 고인 겁니다. 여기로군요."

창하 손이 골반에서 멈췄다.

"이분 CT 찍었나요?"

광배를 바라보는 창하.

"예."

"골반부터 우선 판독해 달라고 하세요."

"예?"

"어서요."

창하가 재촉하자 광배가 인터폰을 집어 들었다. 통화하던 광배의 눈동자가 주먹만 하게 커졌다.

"골반에 골절 소견이 있답니다."

광배의 말을 들으며 시신의 하체로 내려가는 창하. 왼쪽 무릎 위의 타박상을 절개했다. 자전거에 부딪쳤다는 그 부분이었다. 피부 안쪽의 손상은 크지 않았다. 이 정도로는 골발 골절이 일어날 정도의 충격이 되기 어려웠다.

"그럼 이것, 페인트 성분이 맞는지, 언제쯤 묻은 것 같은지 분석 좀 부탁해 주세요."

창하가 내민 건 칠이 묻은 머리카락 두 올과 손톱 밑에서 긁어낸 흰 티끌이었다.

찰칵!

인증 숏이 불꽃을 뿜었다.

"페인트 맞답니다. 어제쯤 묻은 것 같다는데요?"

이번 분석 결과는 원빈이 가져왔다.

"자전거와는 상관없는 사고입니다."

창하가 결론을 좁혀갔다.

"상관없다고요?"

형사가 물었다.

"자전거에 부딪쳤다는 왼쪽 무릎. 보다시피 큰 충격이 아닙니다. 이 정도 충격으로 이런 골반 골절이 일어나기는 어렵습니다. 제 생각에는 의자 같은 것을 놓고 높은 곳에 칠을 하다가 떨어진 것이 아닌가 싶습니다만."

"칠이라고요?"

"혹시 이 집 화장실이나 목욕탕이 좁고 높은 곳 아닙니까?"

"맞습니다. 세로로 길쭉하면서 좁은 편이었어요."

"현장을 한 번 더 확인해 보시죠. 예를 들면 천장이나 벽 같은 곳… 특히 욕실 천장 같은 곳을 혼자 칠하다 보면 의자가 흔들리거나 미끄러지면서 추락할 때가 있거든요. 그때 뭔가를 잡으려다 팔꿈치와 어깨, 종아리에 찰과상이 생겼고 추락의 충격으로 골반은 골절… 실직한 마당에 병원까지 가며 요란을 떨기 싫으니 좀 쉬면 낫겠지 하면서 진행된 출혈성 쇼크가 사망에 이르게 한 것 같습니다."

"허얼, 말은 되는군요. 저도 욕실 천장에 페인트 바르다 의자가 미끄러지면서 식겁한 적이 있거든요."

명쾌한 설명에 형사도 공감을 표했다.

"……!"

얼마 후에 돌아온 피경철 역시 깔끔한 절개와 보고서를 보고 벌린 입을 다물지 못했다. 그때까지 봉합을 하지 않은 건 이 부검의 집도의가 피경철이었기 때문이다. 그의 확인이 필요했다. 마찬가지로 서류 역시 체크만 해둔 상태였다.

"낙상으로 인한 골반 골절 출혈사?"

일목요연한 창하의 설명에 피경철의 입이 벌어졌다. 이건 신참이 아니라 만렙 검시관 수준이었다.

*   *   *

"죄송합니다. 형사님이 바쁘다기에 제가 진행을 했습니다. 잘못된 점이 있다면 바로잡아 주십시오."

창하의 목소리는 미치도록 담담했다.

"신부전이나 심근경색도 아니고, 자전거 충돌이 아니고, 골반골절?"

그의 눈이 신장으로 향했다. 신장은 부어 있지 않았다. 아주 정상이었다. 심장 역시 어떤 유의점도 없었다. 자전거를 의심하던 무릎의 상처는 작았고 골반 골절 소견은 명확했으니 이론의 여지가 없는 부검이었다.

"골절은 CT로 찾아냈나?"

"아닙니다. 선생님이 먼저 확인하고 CT로 대조를 했습니다."

옆에 있던 광배가 답했다. 그 목소리에는 아직도 놀라움이 남아 있었다.

"CT가 아니라 이 선생이 먼저?"

"골반강에 대량 출혈이 있었습니다. 골반 골절을 의심하는 건 당연한 것 아닙니까?"

"당연하다고? 누가 그러던가? 검시관 첫날에?"

"너무 질러갔다면 죄송합니다."

"죄송이라니? 실력 좋은 게 죄송할 일인가?"

"페인트 검사는 마쳤고 혹시 몰라 미오글로빈 검사는 따로 보내놨습니다."

"거기까지?"

"……."

"허어, 이거 국과수가 운이 터졌군. 이런 실력자가 들어오다니. 칼 솜씨부터 부검 실력, 서류 처리까지……."

"실수는 없었습니까?"

"이제 보니 내가 번데기 앞에서 주름을 잡은 격이 아닌가? 이런 실력자에게 뭘 가르쳐 준다고 나섰으니."

"아닙니다. 모든 게 서투릅니다. 많이 지도해 주십시오."

"좋아. 그럼 좀 심한 건이 있는데 함께 들어갈 텐가?"

"그러죠."

창하가 콜을 받았다. 뭐든 기다리던 차였다. 창하 자신도 변한 능력치에의 적응이 필요했다. 사체를 보면 가닥이 저절로 잡히는 방성욱의 놀라운 부검 능력에 대한 실전 적응…….

"마시게."

부검대가 준비되는 동안 피경철이 차를 건네주었다.

"고맙습니다."

창하가 찻잔을 받았다. 그저 평범한 믹스커피였다.

"입에 맞나? 병원 닥터들은 커피도 우아한 걸로 내려서 먹는 것 같던데?"

"전공의 하는 동안은 '우아' 하고는 거리가 멉니다. 아시겠지만 노가다에 가깝죠."

창하가 화답했다.

"아직도 그런가?"

"예."

"허엇, 그런 거 보면 의학 기술과 장비는 발전했지만 의사의 일상은 오십보백보란 말이지."

"그나저나 아까 나가신 일은 어떻게 되었습니까?"

"아, 미궁 살인 피살자 건?"

"예."

"모방범죄였네. 그동안의 여섯 건에 비하면 서툴러. 그래도 흉내는 냈답시고 예리한 칼로 횡경막 밑을 베고 심장을 잘라 냈더군."

"저도 좀 볼 수 있을까요?"

"따라오게. 아직 시신 수습 중일 거야."

피경철이 앞서 걸었다. 시신은 부검대 위에 있었다. 어시스턴트들이 오염된 부위를 닦고 있었다. 그 시신에는 서늘한 링의 광채가 보이지 않았다. 미궁 살인마의 작품은 아니었다.

"저 살인사건… 이제는 자네도 피해 갈 수 없는 일이 되었어. 못난 선배들이 해결책을 못 찾는 바람에 말이야."

"윤곽도 나오지 않았나요?"

"검경이 총력전을 벌이고 있지만 수사 선상에 올려둔 용의자들에게서 혐의점이 안 나오는 모양이야. 그런 차에 슬슬 모방범죄까지 나오고 있으니 환장할 일이지."

"그렇겠군요."

"가볼까? 미리 말하는데 이번 시신은 좀 심하네. 멀리서 보고 내키지 않으면 들어오지 않아도 좋아. 처음부터 무리할 필요는 없거든."

"알겠습니다."

피경철이 부검실 문을 열었다. 안의 풍경은 아까와 다를 바 없었다. 스테인리스 부검대가 있고 두 명의 어시스턴트가 부검 채비를 마쳤다. 시신을 가져온 형사 역시 참관하고 있었다.

"......!"

창하가 멈칫거렸다. 부검대 위에 놓인 시신. 앙상한 해골만 남았다. 살점이 전부 녹아 뼈가 고스란히 드러난 것이다. 그 사이에 피경철은 이미 부검대 앞에 도착했다. 창하에게는 눈빛을 주지 않았다. 합류하든 나가든, 창하가 편하게 선택하라는 배려였다.

창하도 성큼 다가섰다. 오랜 시간 바다와 맞닿는 강바닥에 있다가 떠오른 시체. 이 또한 경험치에 포함된 내용이었다. 부패한 사체는 역한 냄새와 함께 강물의 비릿함을 풍겼다. 마스크를 썼음에도 피할 수 없는 악취였다.

가까이서 보니 갈비뼈들은 온전한 게 없고 복부도 휑하니 뚫려 있다. 시신은 난해한 퍼즐을 대충 맞춰놓은 듯 빠진 부분이 더 많았다. 일반인이 봐서는 키도 성별도 알 수 없는 수준이었다.

"괜찮겠나?"

피경철이 물었다.

"예."

"신참 포스가 아니야. 억지로 참는 게 아니라면 이 선생이야 말로 부검의가 천직인 것 같군."

마스크 위로 살짝 드러난 피경철의 눈이 미소를 지었다. 남아준 데 대한 격려의 표시였다.

"이런 경우 본 적 있나?"

"……."

머릿속에 방성욱의 정보가 있지만 대답하지 않았다. 대학병원의 해부병리과 전공의. 수많은 주검과 적출된 장기를 보았지만 미라급에 속하는 시신을 보았다면 거짓말이 될 판이었다. 하지만 부담되지 않았다. 기억 저장소에 들어앉은 방성욱의 경험치가 완벽하게 작동하는 것이다.

"뭐부터 하면 좋은지 알겠나?"

"신원 파악부터 해야겠군요."

"한번 해보겠나?"

피경철이 시신을 가리켰다. 이것도 가능해? 창하의 능력을 보려는 것이다.

"잠깐만요."

창하가 벽으로 걸었다. 스위치를 내렸다. 어스름만 남은 시신 곁으로 다가와 스캔을 한다. 그런 다음에 다시 불을 켠다. 피경철은 그런 창하를 그저 지켜보았다. 국과수의 검시관들은 쓰지 않는 루틴이었다. 하지만 그렇게 일하던 사람이 한 사람 있기는 했었다.

"일단 남성이군요."

창하의 시선이 치골로 향했다. 거기 음경의 흔적이 있었다.

"좋아, 성별은 파악이 되었군."

찰칵!

피경철의 미소와 거의 동시에 카메라가 인증 숏을 남겼다.

창하는 시신 체크에 돌입했다. 그런 다음 누런색으로 남은 일부 근육과 뼛조각을 채취해 샘플 함에 담았다. 잘하면 DNA를 얻어낼 수도 있기 때문이었다. 이어 쇄골을 골라내고 치골과 갈비뼈도 챙겼다. 그런 다음에 대퇴골의 사이즈를 쟀다.

"이십 대 후반에 오차는 두세 살 정도. 신장은 167㎝에 오차 6㎝ 정도가 될 것 같습니다."

"……?"

창하의 설명에 피경철이 기겁을 했다. 창하가 골라낸 샘플은 신원 파악에 명쾌한 것들이었다. 그러나 나이와 신장까지 예측하는 건 수십 년 짬밥의 그조차도 어려운 일. 법인류학 전문가의 감정에서나 나올 법한 결론을 내놓으니 놀라지 않을 수가 없었다.

"이 선생."

"18세가 넘으면 30세 정도까지 뼈의 끝부분에 연골이 들어차지 않습니까? 쇄골이 아직 용해되지 않았으니 이걸 조사하면 대략적인 나이가 나오는 걸로 알고 있습니다. 나아가 대퇴골의 길이로 신장의 유추가 가능하지요."

"……?"

"그리고 이 갈비뼈 말입니다. 여기 모서리 홈의 깊이로 나이

대를 추정할 수 있는데 이 정도 형태라면 27살 정도로 볼 수 있습니다."

"……"

"물론 더 정확한 건 골반 모형을 맞춰보면 알 수 있겠지만 정밀 결과가 나오기까지는 참고가 될 수 있을 것 같습니다."

이 친구, 부검 천재?

피경철의 표정이 딱 그랬다. 이런 수준은 부검 10년 경력이 되어도 넘보기 어려운 수준이었다.

만렙 신참 검시관.

경찰이 그 인증을 해주었다. 조금 전 부검에서 뽑아낸 골반 골절의 결과 역시 우연이 아니었다. 경찰서로 돌아간 형사가 골반 골절의 원인이 페인트칠이었음을 확인한 것이다.

사망자는 딸이 외출한 후에 목욕탕에 의자를 놓고 혼자 천장을 칠하다 추락했다. 천장이 증거였다. 군데군데 색이 벗겨졌던 것이 말쑥해져 있었다. 베란다 구석에는 남은 페인트와 붓이 보였다. 페인트를 산 날은 어제였고 봉지 안에 남은 영수증으로 확인이 되었다는 전갈이었다.

"검시관 선생님."

형사의 핸드폰에서 소녀의 영상이 나왔다. 그녀와 그녀의 어머니였다.

─정말 고맙습니다. 아이가 경찰 조사를 받은 후로 죄책감

에 방에서도 안 나오고 밥도 안 먹고 있었는데 그 아저씨 사인이 자전거 때문이 아니라니 겨우 수저를 들었습니다.

—검시관 선생님, 너무 고맙습니다.

모녀가 함께 인사를 해왔다.

'호오.'

창하가 고무되었다.

해부병리의.

국과수보다야 병원 대우가 압도적이지만 병원에서도 환자들의 인사를 받는 경우는 거의 없다. 해부병리라는 진료 자체가 환자보다 검체를 주로 상대하는 까닭이었다. 그런 차에 모녀의 인사를 받으니 보람까지 만끽하는 것이다.

이창하.

부검 실전부터 법인류학까지 일사천리의 능력. 정식 출근 첫날부터 국과수 부검실에 파란을 일으키고 있었다.

점심시간, 화제는 단연코 창하였다. 소장과 과장이 밥을 사기로 한 식당이었다. 시간이 맞는 검시관 세 명이 합류를 했다. 피경철과 권우재에 길관민이었다.

"그래요?"

소장도 놀랍다는 표정이다.

"아니, 이 선생, 전생에 검시관이었어?"

얼음장 권우재도 반응을 보였다.

"천직이네. 나 처음 왔을 때는 한 달 동안 사표 써가지고 다니면서 부검대 들어갈 때마다 낼까 말까 망설였는데."

길관민도 한마디를 거든다.

"피 선생님이 알려주신 대로 한 것뿐입니다."

창하의 포지션은 겸허였다. 아직 국과수 분위기를 모르는 주제니 경거망동하지 않았다.

"우리 원장님, 일당백으로 뽑았다더니 선견지명 있으신데요? 서울 사무소의 기둥이 될 징조입니다."

과장도 덕담을 날려주었다.

"그런데 법인류학은 어디서 수련한 거야? 내가 알기로 송 교수님도 법인류학에는 조예가 깊지 않은 것으로 아는데?"

권우재가 송곳 질문을 날렸다.

"해부학 할 때 뼈에 대해 공부한 걸로 유추해 보았습니다."

순발력 있게 답하는 창하. 쇄골의 특징이나 대퇴골, 골반에 대한 공부는 해부학에서 출발하는 까닭이었다.

"말도 안 돼. 그거야 교과서에 불과하지. 아까 그 케이스는 치열한 경험에서 우러나는 노하우가 아니면 알 수 없는 것들이던데……."

"뭐야? 능력 좋은 후배가 들어오니 소화가 안 되나?"

피경철이 조크로 창하 편을 들었다.

"그럴 리가요? 능력자가 오면 우리 일 줄어들고 좋죠 뭐."

권우재가 상황을 정리한다.

"내가 그 말 듣고 송 선배에게 다시 전화했더니 자기가 설득해서 보낸 거니 한턱내라고 공치사가 대단하시더군. 어쨌거나 우리랑 인연을 맺었으니 사표나 내지 마시게."

소장의 당부가 나왔다. 하지만 송대방 교수의 말은 좀 실망이었다. 지나치게 오버를 하고 있다. 사람은 역시 이해관계가 얽혀봐야 판단이 가능한 것 같았다.

"그나저나 미궁 살인 때문에 큰일인데요?"

화제가 현실적인 문제로 넘어갔다. 검시관들이 모였으니 나오지 않으면 이상할 화제였다.

"그러게 말이야. 경찰에서 하루 속히 범인을 잡아주면 좋은데……."

"벌써 모방범죄가 나오기 시작했습니다. 살인은 한 건이지만 미수범도 두 명이나 잡혔답니다."

"미수범도 있어?"

과장의 말에 피경철이 고개를 들었다.

"서울청 강력 팀장이 그러더군요. 흉곽 밑을 찌르고 달아난 괴한이 두 명 있다고요. 모방범죄의 확산을 우려해 발표는 하지 않았다고 합니다."

"큰일이군. 대체 어떤 놈이 범인일까?"

"아무래도 써전 쪽이 아니겠습니까? 한국 닥터든 외국 물먹고 들어온 사이코패스 닥터든."

"함부로 예단하지 마. 자칫 일파만파가 될 수 있어."

소장이 나서 주의를 주었다. 온 국민이 주목하고 있는 사건이었다. 그렇게 예민하다 보니 전문가 집단인 검시관들은 언행에 신경을 쓸 필요가 있었다.

"다른 지역의 부검 결과는 올라왔습니까?"

권우재가 과장에게 물었다.

"본원에서 취합해서 분석 중이라더군. 하지만 절창인지 자창인지 할창인지조차 구분이 쉽지 않은 모양이야. 우리도 그랬지 않나?"

"혹시 고대의 무기 같은 거 아닐까요? 요즘 애들이 게임을 좋아하니까 마니아 같은 애들이 현실과 게임을 구분 못 해서 만들어가지고······."

이 의견은 길관민의 것이었다.

"엉뚱한 생각 말고 무기나 찾아내. 최소한 어떤 흉기를 썼는지 정도는 알아내 줘야지."

"이공학 팀이 여러 실험을 하고 있으니 곧 뭐가 나와도 나오겠죠."

권우재의 말과 함께 소장의 식사 턱이 종료되었다.

＊　　　　＊　　　　＊

"선생님."

조금 남은 점심시간, 광배와 원빈이 법인류학 연구를 맡고 있는 박인애 연구원을 데리고 들어왔다.

　"천 선생님."

　책상을 정리하던 창하가 셋을 맞았다. 박 연구원은 미국 유학을 마친 재원이었다.

　"선생님, 이거……."

　원빈이 아이스모카를 내밀었다.

　"웬 거죠?"

　"우리 우 선생이 선생님에게 삑 갔답니다. 초짜 검시관이라고 우습게 봤는데 사과를 겸해서……."

　설명은 광배 입에서 나왔다.

　"고맙습니다. 앞으로 잘 부탁합니다."

　커피를 받고 원빈에게 인사를 전했다. 부검실에서는 어시스턴트들과의 관계도 중요하기 때문이었다.

　"그런데 선생님, 정체가 뭐예요?"

　박인애가 물었다. 서글서글한 인상이 편안해 보이는 얼굴이었다.

　"해부병리인데요?"

　"이거 왜 이래요? 해부병리 전공한 분이 법인류학에 빠삭해요? 까면 다 나와요."

　"해부병리 맞는데… 전문의 자격도 그렇고……."

　"농담이고요. 아까 보내준 검체 받고 깜짝 놀랐어요. 그 정도의 법인류학 지식은 아무나 갖추는 거 아니거든요."

"대략 맞던가요?"

"정밀검사를 해야겠지만 맞을 거 같아요. 천 선생님 말 듣고 기절할 뻔했다니까요."

"그 말은 나한테 해야지. 내가 이 선생 사수거든."

딸깍!

대화 중에 전등이 꺼졌다.

"꺄!"

놀란 박인애가 비명을 질렀다. 불은 다시 들어왔다. 문 앞 벽에 피경철이 보였다.

"피 선생님."

박인애가 애교 섞인 악을 쓴다.

"이 선생."

피경철이 다가왔다.

"예."

"부검 때 불 끄는 거 말이야. 처음이 아니었다면서?"

"예⋯⋯."

"이유가 있나? 우리는 쓰지 않는 방법이라서⋯⋯."

"웃으시겠지만 어두운 세상으로 간 사람들이니 어둠 속에서 봐야 본모습이 보일까 봐서요."

"⋯⋯."

피경철의 미간이 살포시 구겨졌다. 그래도 더 이상의 질문은 이어놓지 않았다.

"천 선생, 내 오후 부검 스케줄 알지?"

광배를 바라보며 묻는 피경철.

"골동품 수집상 총기 자살 건 아닙니까?"

"이 선생, 어때?"

피경철의 시선이 창하에게 건너왔다.

총기도 가능해?

그의 시선이 강렬하게 묻고 있었다.

"선생님께 배우라는 명을 받았으니 선생님 가는 곳이면 자동으로 따라갑니다."

창하의 대답은 시원했다.

총기 사건.

한국에서는 드문 케이스였다. 그러나 아주 없는 것은 아니었으니 잊을 만하면 군대나 경찰, 혹은 사냥총에 대한 부검이 들어오고 있었다.

"아, 중요한 걸 말 안 해줬는데, 형사들 말이야. 무슨 말을 하든 객관적으로 들으시게. 다는 아니지만 개중에는 자기가 판단한 대로 대충 끝내려는 성향의 형사들이 많거든. 이번 형사도 그런 쪽이고."

"알겠습니다."

창하가 답했다.

턱!

부검실에 딸린 대기실에서 형사가 권총을 꺼내놓았다. 증거물 보관 비닐 안에 든 권총과 피 묻은 총알 하나. 척 보아도 오래된, 골동품급 리볼버의 총이었다.

"범행에 쓰인 총과 총알인가요?"

피경철이 물었다.

"그렇습니다. 자살을 주장한 피살자가 앤티크, 즉 골동품 가게를 하면서 우연히 구한 거라고 하더군요. 탄환은 한 발뿐이었는지 남아 있지 않았습니다."

"사건 경과 좀 들어볼까요?"

피경철이 시선을 모았다. 사건 현장과 사건의 정황은 부검 못지않게 중요한 일이었다.

"솔직히 이건 보나 마나 자살인데 서장님이 요즘 시국이 안 좋으니까 확인차 지시를 내린 겁니다. 총을 쏜 사람이 증언을 했거든요."

"알겠습니다. 일단 정황을……."

피경철이 형사의 독주를 막았다.

"피살자는 강남에서 잡다한 골동품 가게를 하는 사람입니다. 최초 발견자는 단골손님이었는데 작년부터 장사가 안 되는 데다 당뇨가 악화되어 죽었으면 좋겠다는 말을 아들에게 한 적이 있답니다. 거래를 하러 온 손님이 가게가 비어 그냥 나오려는데 지하실에서 폭음탄 소리 같은 게 나더랍니다. 무슨 소리인가 싶어 지하 매장 쪽을 바라볼 때 피살자가 옆구리를 싸안고 올라왔답니다. 손님을 보더니 그대로 쓰러졌고 그 자리에서 119 구조대를 불렀는데, 그때까지만 해도 피살자가 살아 있어 자살하려고 스스로 총을 쐈다고 진술한 내용이 있습니다."

숨을 돌린 형사가 설명을 이어갔다.

"피살자는 병원에 도착해 총탄 제거 수술을 받는 도중에 숨을 거두었습니다. 총상이다 보니 신고가 들어왔고 저희가 수사에 나서게 된 것이고요."

"으음……."

"자살이냐 타살이냐 문제는 그건데, 사망자가 스스로에게 총을 쐈다고 말했고 현장에 출동한 119 구급대원 역시 피살자 본인에게서 '내가 쐈다'라는 말을 들었다고 합니다. 사망자는 왼손잡이인데 이런 자세로 총을 쏜 것 같습니다. 옷에서 총구 눌린 자국도 나왔고 사입구의 화상도 확인했습니다."

형사는 일사천리다. 나름 총기 사고들에 대해서도 훑어본 모양이었다.

"이 의복이 사고 당시 입고 있던 것들인가요?"

피경철이 다른 증거물을 바라보았다.

"맞습니다."

형사가 답하자 피경철이 피떡이 된 옷가지를 꺼내 들었다. 장갑을 낀 채 조심스레 총알이 들어간 부위를 살핀다. 그 부

위를 창하에게 건네준다. 여러 각도로 증거물을 돌려본 창하,
코를 대고 냄새까지 맡는다. 피경철은 하지 않은 행동이었다.

"다른 증거물은 없나요?"

창하가 묻자 형사가 박스를 올려놓았다. 바지와 구두였다.
창하는 혁대와 지갑이 든 주머니, 구두끈의 매듭까지 확인을
했다.

"뭐 생각나는 게 있나?"

피경철이 창하에게 물었다.

골동품 리볼버.

창하는 본 적조차 없었다. 만약 봤다면 영화 속의 소품이었
을 것이다. 그러나 그건 어제까지의 일이었다. 리볼버를 보기
무섭게 법인류학의 그것처럼 방대한 총기 사망 부검의 기억이
차곡차곡 밀려 나왔다. 사입구, 사출구, 탄도, 총기, 심지어는
케네디의 저격을 시작으로 역사적으로 다양한 부검의 사례까
지.

"총보다 사체가 중요하죠. 그걸 보면 말씀드릴 수 있을 것
같습니다."

창하는 주저가 없었다. 그 표정이 너무 익숙해 보여 피경철
은 다른 증거물을 떨어뜨릴 뻔했다.

'이 친구 설마 총기까지?'

슬쩍 떠본 피경철. 그 눈매가 창하 몰래 경련을 했다.

부검대의 어시스턴트 우원빈. 아까와 달리 창하 보는 눈빛이 변했다. 광배의 눈빛에는 은근한 기대감마저 깃들었다. 그 기대에 부응하듯 피경철이 메스를 양보했다. 외표 검사가 끝난 후였다.

사입구는 하나였다. 몸 안에 박힌 총탄을 제거했으니 사출구는 없었다. 오른쪽 옆구리의 상처는 콩알보다 조금 컸다. 총알이 발사되면 화약의 연소로 화염이 생긴다. 화염은 피부에 필연 화상을 남긴다.

화약이 연소하면 가스와 연기도 나온다. 총구 주위에서 확산한다. 그 매연은 표적의 표면에 부착하게 되니 피부에 검은 막을 형성한다. 그러나 병원을 다녀온 사람. 소독을 했을 테니 그걸 고려해야 했다. 표면에 부착된 매연은 쉽게 닦이기 때문이었다.

사입구의 테두리는 화상으로 보이는 진한 적갈색, 주변은 멍처럼 푸른빛이 돌았다. 그걸 주목한 창하가 사입구의 냄새를 맡는다.

쿵쿵!

그 모습이 너무 진지하니 누구도 웃지 못했다. 다음은 손바닥이다. 창하는 양 손바닥을 다 확인했다.

"부검 시작할까?"

피경철이 앞치마 끈을 조이며 말했다.

"불 끌 준비됐습니다."

원빈은 어느새 스위치 앞에 있었다. 그러나 창하의 대답은 반대로 나왔다.

"죄송하지만 부검할 필요는 없을 것 같습니다."

"부검할 필요가 없다니?"

피경철이 창하를 돌아보았다.

"그렇죠? 척 봐도 자살이죠?"

형사가 쾌조를 불렀다. 하지만 창하의 반전에 그 표정이 일그러져 버렸다.

"자살이 아니고 피살입니다."

사입구를 바라보는 창하의 표정은 확신 그 자체. 원빈은 그 자신감에 꽂혀 눈을 떼지 못할 정도였다.

*　　　　*　　　　*

"백 과장님."

피경철이 과장실에 들어섰다. 백 과장은 손상 전문가와 함께 미궁 살인사건의 손상을 분석 중이었다.

"피 선배님."

"바빠?"

"뭐 그렇죠. 왜요?"

"잠깐 시간 좀 냈으면 해서."

"부검에 문제가 생겼습니까?"

"그런 거 같아."

"이창하가 사고라도 친 겁니까?"

"응. 제대로."

"저런, 점심 때 띄워준 게 문제가 된 모양이군요? 이래서 신참들은 시간이 필요하다니까요."

백 과장이 일어섰다.

신참 검시관들.

사고 많이 친다. 그렇기에 국과수에서는 첫 일 년 동안 어려운 부검을 맡기지 않는 게 원칙이다. 수련에 더해 경험이 필요하기 때문이었다. 그러나 사문화 규정이다. 일손 바쁘고 부검을 밀리는 판에 '면허'자의 손을 놀릴 수 없다. 두어 달 지켜보다가 쓸 만하면 간단한 부검부터 배당하는 게 관행이었다.

그러나 그 사수가 피경철이었다. 여간해서는 덮어버리는 그가 달려올 정도였으니 백 과장도 슬쩍 긴장이 되었다.

스릉!

부검실 문이 열렸다. 부검대 앞에 선 창하가 보였다. 형사와 어시스턴트들의 풍경도 크게 다를 바 없는 모습이었다.

"아직 부검도 안 했지 않습니까?"

백 과장이 피경철을 돌아보았다.

"이 선생, 이제 설명해 봐."

피경철은 등받이 없는 간이의자를 당겨 앉았다.

"선배님."

"아, 저 친구 부검 실력이 굉장하길래 내가 한번 맡겨봤어. 일 년 수습이라는 거, 그거 부검 초짜들 때문에 만든 내부규정이잖아? 진행해."

피경철이 창하를 재촉했다.

"딱히… 경찰에서는 자살로 보지만 제가 보기엔 피살이라는 말을 했을 뿐입니다."

창하가 어깨를 으쓱해 보였다.

"그러니까 그 과학적 논리를 과장님 앞에서 펼쳐보라는 거야. 나 혼자 듣고 버리면 너무 아까울 것 같아서."

피경철이 웃었다.

"그럼 설명하겠습니다."

창하가 시신으로 다가섰다. 백 과장과 형사가 시선을 바로 세웠다.

"이 시신은 총상을 입은 직후에 그 자신이 자살하려고 직접 총을 쏘았다고 말했다고 합니다. 최초 목격자와 119 구조대원이 들었습니다. 그가 사용한 총은 리볼버. 무려 150여 년 전에나 사용하던 골동품급입니다."

백 과장을 바라본 창하가 담담하게 설명을 이어갔다.

"자살이 아니라는 증거부터 갑니다. 자살자는 왼손잡이입니다. 그건 혁대와 지갑의 위치, 구두끈으로 알 수 있습니다. 혁대를 보면 조임 끝이 왼쪽으로 향하고 있고 지갑 역시 왼쪽 뒷주머니에 들었습니다. 구두끈도 왼쪽 방향으로 조임이 강하게 들어간 매듭이더군요. 어느 손을 쓰느냐는 가까운 사람도 모르는 경우가 있으니 꼭 확인이 필요합니다."

"……"

"그 왼손잡이가 오른쪽 옆구리, 시신에서 보다시피 정확히 말하면 갈비뼈 바로 아랫부분에 권총 총구를 겨누고 방아쇠를 당깁니다. 경찰에서는 상의에 총구 눌림 자국이 있으니 한 손으로 총신을 누르며 방아쇠를 당긴 것으로 보고 있습니다. 이런 자세 아니면, 이런 자세가 되겠죠."

창하가 재연해 보였다. 왼손으로 방아쇠를 당기려면 오른손으로 총신을 잡고 엄지로 당기고, 오른손으로 당기려면 왼손으로 총신을 잡고 오른손 엄지를 쓰는 자세였다.

"그렇습니까?"

창하가 형사에게 확인 요청을 했다. 그가 끄덕 동의를 표했다.

"만약 그랬다면, 그랬다면 말이죠, 총신을 지지한 손바닥에 화상을 입어야 합니다. 실린더 틈으로 작렬하는 불꽃과 가스의 압력, 화약 때문이죠. 하지만 보시다시피 시신의 손바닥은 양손 다 깨끗합니다."

창하가 시신의 손바닥을 가리켰다. 상처 하나 없었다.

"그리고 경찰이 주장하는 또 하나의 자살 정황인 사입구 주변의 적갈색 멍 자국들. 그건 총알이 혈관을 파괴하면서 발생한 내출혈입니다. 총을 맞고 한동안 생존하는 사람들에게서는 흔한 경우입니다. 노트북 좀 쓸 수 있을까요?"

창하가 광배를 바라보았다.

"가져다 드려."

피경철의 지원이 나왔다.

노트북이 오자 창하 손이 자판 위를 날아다녔다. 창하가 말한 자료 사진들이 수십 장 떠올랐다. 아래에 쓰인 영문은 창하가 즉석 해석으로 해결했다.

"미국 총기 사건 중의 몇 장면입니다. 원하시면 카피해 가서도 됩니다."

창하가 형사에게 말했다. 기가 질린 그는 입술조차 떼지 못했다.

"그럼 이제 살인 증명으로 가보겠습니다."

창하의 눈은 점점 빛나기 시작했다.

제7장

—

예지자들의 유품

실내 분위기는 창하가 지배하고 있었다. 고작해야 출근 첫날의 신참 검시관. 그러나 그 포스는 수십 년 경륜의 백 과장과 피경철까지 압도할 지경이었다.

"우선 총기입니다. 범행에 쓰인 총은 19세기 말의 재원입니다. 그런 류의 리볼버에 사용되는 카트리지 화약은 흑색화약류입니다. 특징은 지저분하게 연소가 됩니다. 물론 그 당시의 리볼버 중에도 연기가 나지 않는 화약을 쓰는 재원이 있었지만 흔하지 않았습니다."

"……."

침묵이다. 백 과장을 위시해 모든 사람들은 부검대에 누운 시신처럼 숨조차 쉬지 않았다.

"흑색화약을 쓰는 권총에 의한 근거리 피격은 지저분한 흔적으로 증명이 됩니다. 흑색화약은 미세 탄소의 입자로 분출되기 때문입니다. 그런데 시신이 입었다는 옷에는 너저분한 그을음이 없었습니다. 과장님과 피 선생님이 더 잘 아시겠지만 총을 직접 몸에 대고 쏘는 접사라면 새카맣게 탄 자국이 남게 됩니다. 15㎝ 정도의 거리를 두고 쏘면 상처에 검댕이 확연히 보이죠. 75㎝ 정도가 되면 반점이 생길지언정 검댕은 남지 않습니다. 그것으로 시신이 생전에 말한 '스스로 옆구리에 대고 쏘았다'는 것은 거짓으로 판명이 되는 것입니다."

"그럼 옷에 남은 총구의 흔적은 뭐란 말입니까?"

형사의 이의 제기가 나왔다.

"누르긴 누른 거죠. 그러나 그 상태로 발사되지는 않았습니다. 앞의 설명이 그 증거입니다. 권총으로 자살하는 사람은 대개 심장이나 머리, 입안, 관자놀이를 겨눕니다. 불편한 자세가 아니라 안정된 자세로써 즉사를 택하는 거죠. 이렇게 불편한 자세로 권총을 겨눈다는 건 상상하기 힘듭니다."

잠시 시신의 사입구를 바라본 창하, 마침내 결론을 펼쳐놓았다.

"그을음이 없는 옷과 멀쩡한 사망자의 손. 여러 정황과 증거를 종합할 때 총은 사망자로부터 적어도 60㎝ 이상 떨어진 거리에서 발사되었습니다."

"……."

"60㎝ 이상, 어떤 자살자가 과연 그런 식으로 자실을 택할까요?"

"하지만 초동수사를 맡은 우리 과학수사 팀에서는……."

형사의 시선이 백 과장에게 돌아갔다. 서울 사무소 검시관들의 수장. 그의 견해가 궁금한 것이다.

"천 선생."

백 과장이 광배를 불렀다.

"예, 과장님."

"가서 권우재 선생 좀 데려와요. 작년에 미국에서 총기 연수하고 왔으니 한 번 더 검증해 보자고요."

"……!"

잠시 후에 들어선 권우재. 그의 표정도 부검실 분위기와 다르지 않았다. 형사가 말하는 증거물과 시신의 총상, 나아가 손바닥 등을 확인하더니 허, 하고 탄식을 내뿜었다.

"우리 형사님 애간장 녹잖아. 어때?"

백 과장이 물었다.

"이 선생, 총기 교육 받은 적 있어?"

권우재가 창하를 바라보았다.

"혼자 공부했습니다."

"혼자? 이야, 이 친구 이거 사람 미치게 만드네. 사망자가 사용한 구형 리볼버 정도면 미국의 총기 전문가들도 분석이 어려울 판인데⋯⋯."

"권우재 선생."

백 과장이 주의를 환기 시켰다.

"뭘 바랍니까? 퍼펙트하잖아요? 저 탄두를 구해다 실험한다고 해도 이 선생이 옳다에 제 1년 연봉 겁니다."

"그럼 내 답은 이겁니다. 형사님."

짝짝!

과장은 박수로 답을 대신했다. 해박한 총기 이론에 탁월한 증거물의 해석, 거기에 자료 검증까지 더해진 분석이니 이견의 여지가 없었다.

짝짝!

그제야 피경철도 박수를 보태놓았다. 혼자 듣기에 아까울 것으로 생각해 초빙한 백 과장. 과연 발품을 판 보람이 있었으니 근래 들어 최고로 명쾌한 부검 결론이었다.

"그럼 누가 범인이라는 겁니까?"

형사가 백 과장에게 물었다.

"질문도 우리 이 선생에게."

"선생님."

형사의 시선이 창하에게 돌아갔다.

"그걸 찾는 건 수사기관의 몫이죠. 피살자가 부탁을 했든지, 아니면 범인을 감춰야 할 사정이 있든지⋯⋯."

"⋯⋯."

"리볼버는 피스톨보다 틈새가 많아서 화약 성분이 묻을 가능성도 높아집니다. 용의자라고 판단되는 사람이 있다면 뇌관화약 잔사물 검사로 범행을 확인할 수 있습니다. 총기에 남은 뇌관 발화물의 성분을 분석한 후에 대조하면 증거가 될 수 있을 겁니다. 바륨이나 안티모니, 납 등을 분광광도계로 확인하면 어렵지 않으니까요. 아, 주사전자현미경 관찰도 유용하겠군요."

"범인이 손을 씻었으면 어쩝니까?"

"옷을 가져오세요. 현장에서 입었던 옷, 손목시계 등을 찾으면 그것도 유용합니다. 시간이 오래 경과하면 성분이 날아가 버릴 수도 있으니 서둘러야 할 겁니다."

"에이, 씨팝. 좆 됐네."

형사가 핸드폰을 꺼내 들었다. 식은땀 흐르는 얼굴은 보지 않았다. 남은 일이 있기 때문이었다. 전체 부검은 하지 않았지만 부검대에 누웠던 시신. 혈흔과 얼룩 등을 닦아 깨끗하게 단장을 했다. 부검은 마무리가 중요한 것이다.

백 과장과 나란히 지켜보던 피경철이 중얼거렸다.

"이 선생 말이야, 신참이 아니라 리얼 스페셜리스트잖아? 어쩐지 일하는 포스가 죽은 방 과장 뺨 나는 거 같지 않아?"

방성욱.

그 말을 흘려들으며 메스를 소독했다. 감염병 면역 실드를 받았다지만 확인하지 못한 일. 창하나 다른 사람을 위해서도 완전 멸균 상태를 유지해야 했다. 메스의 퀄리티는 상상 저편이었다. 다른 메스와 달리 날은 최상급, 이도 안 나가고 녹도 슬지 않는 것이다.

"선생님, 완전 끝내줬어요."

시신 수습을 돕던 원빈이 엄지를 세워주었다.

오늘의 빅 사건은 여기서 발생했다. 독특하게도 칼집이 있는 방성욱의 메스. 멸균차 분리해 놓은 칼집을 닫으려 할 때 안에서 작은 조각이 떨어져 나온 것이다. 그걸 집어 드니 숫자 몇 개가 보였다.

'전화번호와 비밀번호?'

번호가 시선을 빨아 당겼다.

방성욱의 전화와 그가 쓰던 비밀번호일까?

예상은 빗나갔다. 광배가 그의 전화번호를 가지고 있었던 것. 비교해 보니 아주 달랐다.

"내일 보자고."

피경철의 격려를 받으며 주차장으로 나왔다. 그는 아직 퇴근할 시간이 아니었다.

"들어가세요. 오늘 고생 많았습니다."

구내식당으로 가던 광배와 원빈이 손을 흔들었다. 그들도 일이 남았다. 창하는 신참이니 칼퇴근을 챙겨주는 피경철이었다.

부릉!

시동을 걸었다. 정신없는 하루였다. 피곤하지는 않지만 쉬고 싶었다. 시신을 보면 미친 듯이 폭주하는 부검의 정보에 대해서도 찬찬히 짚어보고 싶었다. 오후 내내 확인하지 않은 핸드폰을 꺼내다 보니 아까 그 번호가 떠올랐다.

누구의 번호일까?

물끄러미 바라보다 번호를 눌러 버렸다. 창하 역시 호기심 하나는 주체 불가의 타입이었다. 호기심은 탐구와 연결된다. 의사라는 직업이 그렇지만 그중에서도 해부병리의, 호기심과 탐구가 없다면 기계적인 진단으로 끝날 경우가 많은 것이다.

뚜우!

신호가 간다.

짧은 몇 초지만 살짝 긴장하는 창하였다. 어쩐지, 전화기 저 너머에서 방성욱의 목소리가 들려올 것 같았다.

—여보세요.

상상하는 사이에 목소리가 나왔다. 그의 것은 아니었으니 창하의 상상은 강물에 내린 눈송이처럼 고이 스러졌다.

'물품보관소?'

통화는 끝났다. 교외의 물품보관소 전화번호였다. 방성욱의 이름을 댔더니 그가 맡긴 물품이 있다고 했다. 내비게이션에 물품보관소의 주소를 입력했다. 국과수에서 멀지 않았다.

"난 또 은행 적금처럼 만기 되면 오려나 했네."

능청스러운 보관소 주임이 거드름을 피웠다. 마당에는 수많은 컨테이너들이 펼쳐지고 있었다.

"본인이슈?"

"아닙니다만."

"그럼 곤란한데… 응?"

서류를 넘기던 주임이 시선을 멈췄다.

"곤란하지 않군요. 비밀번호를 가져오는 사람에게 넘겨도 된다는 조건이 적혀 있어요."

창하 주임을 바라보곤 외우고 있던 비밀번호를 알려주었다.

"따라오세요."

주임이 주먹만 한 열쇠 꾸러미를 들고 일어섰다.

"보관료는 얼마죠?"

"월 2만 원에 9년 하고도 두 달이니… 200만 원 좀 넘겠네요."

10년 약정.

따져보니 국과수가 국립과학수사연구원으로 승격되기 직전이었다.

"200만 원이라고요?"

"걱정 마세요. 우리 보관소는 선불이라 물건 맡긴 분이 10년 계약기간으로 선불을 치렀습니다. 그러니 저희가 일부 거슬러 드려야겠네요."

주임은 인심이라도 쓰는 듯 히죽 웃어 보였다.

철컹!

컨테이너가 열렸다. 녹 냄새가 풍길 정도로 낡은 컨테이너였다. 안쪽으로 크고 작은 함들이 보였다.

"24번째 상자입니다. 여기 인수증에 사인하고 들고 가쇼."

주임이 라면 상자 크기의 보관함을 가리켰다. 그걸 들고 나왔다. 박스에는 두 개의 봉인이 붙어 있었다. 방성욱의 사인과 보관소장의 사인이었다.

차로 돌아와 상자를 열었다. 맨 위에 작은 봉투가 있고 아래에 또 하나의 상자가 있었다. 상자를 여니 1930년대 풍의 낡은 타자기가 나왔다.

컴퓨터 시대에 낡은 타자기.

조금은 생뚱맞았다. 자세히 보니 활자대 등 주요 부분이 은으로 만들어졌다. 그래서 가벼웠던 모양이다.

다시 작은 봉투를 개봉했다. 십여 개의 USB가 나왔다. 보관 상태가 좋아 먼지 하나 묻지 않았지만 척 봐도 구닥다리 USB들이었다.

'뭐가 든 거야?'

궁금했다.

집으로 돌아오기 무섭게 노트북에 끼워보았다. 첫 번째 USB는 열리지 않았다. 두 번째도 세 번째도, 심지어 마지막도 먹통이었다. 10여 년의 세월. 사람도 장비도 문제가 생길 시간이었다. 면봉을 가져다 접촉 부위를 닦았다. 그제야 비로소 파일이 나왔다.

파일은 방대한 사진들이었다. 사체의 변화와 손괴를 시작으로 내인성 급사와 손상, 질식과 성범죄, 총기까지 망라돼 있었다.

정리 또한 일목요연했다. 다양한 경우를 다루면서도 살인, 자살, 사고사, 자연사, 치료 합병증사, 원인 불명 등으로 분류가 되었는데 그중에서도 자연사나 사고사를 가장한 살인을 밀도 있게 배치하고 있었다. 그가 왜 미국 검시계의 전설이었는지 알 것 같았다.

자료는 무려 수백 년간의 것들. 1800년대 유럽의 흑백사진도 있지만 주로 미국과 캐나다의 부검 사진을 다루고 있었다.

세 번째 USB의 사진에서 창하의 시선이 정지하고 말았다.

'네 개의 링……'

시신들 위에 여덟 고리가 희미하게 보였다. 사진임에도 확인이 되는 것이다. 시신은 한두 구가 아니었다. 어린아이도 있고 노인도 있다. 그러나 피살된 외부 상처는 거의 같았다. 횡경막 아래를 가로지른 손가락 하나 길이의 상흔. 한결같이 심장이 사라진 사체들이었다.

'뭐야?'

피가 마르는 것 같았다. 시신들은 대개 서구인들이다. 방성욱의 말대로 수십 년 전, 미국 대륙에서도 현재 한국에서 벌어지는 미궁 살인이 벌어졌다는 얘기였다.

물 한 잔을 마시고 다시 집중했다.

일곱 번째 USB였다.

[#8 사고사로 위장한 살인]

괴기 영화를 보는 것처럼 빨려 들었다. 방성욱의 경험치가 더해지니 보는 족족 이해가 되었다. 나날이 발전하는 법의학. 그러나 범죄는 언제나 수사진들 위에서 놀고 있었으니 미국도 예외는 아니었다.

혀를 내두를 수법을 체크하던 창하가 한 장면을 정지시켰다.

경막하혈종과 우측 두개골 골절로 인한 뇌 탈출 사망의 케이스였다. 브룩클린의 외곽 별장에서 일어난 사고사였다. 낮 시간, 혼자 남은 70대 노인이 2층 테라스에서 와인 몇 잔을 마시고 내려오다 계단에서 굴렀다. 병원에 다녀온 부인이 그를 발견해 병원으로 옮기던 도중에 사망했다. 계단에서 구르면서 뇌를 다쳤다. 뇌의 출혈로 인한 압력 때문에 뇌의 일부가 두개강 밖으로 삐져나갔다. 이렇게 되면 신경체계가 비상 작동을 한다. 폐와 심장에 인생 STOP을 명하는 것이다. 결과? 당연히 사망이다.

'이것……'

창하는 그 케이스 안으로 빨려 들었다. 이제는 닫혀가는 비극의 서랍. 그게 열리고 있었다. 이 건은 죽은 아버지의 경우와 너무나 흡사했다. 창하의 시선이 다음 사진에 꽂혔다. 사망자의 어깨와 등이었다. 거기 찍힌 표식이 보였다.

10년이 넘게 지난 지금도 선명히 기억하고 있는 그 표식……

*　　　*　　　*

방성욱의 경험치가 사진에 연결되었다.

「중력의 법칙」

너무 진부한 이론이라 눈길도 가지 않는 법칙. 그러나 그 단어가 사고사로 넘어갈 뻔한 살인의 단서를 제공하고 있었다. 다음 화면에 비교 사진이 나왔다. 사고 직후에 부검 시신과 하루가 지난 다음의 시신의 등짝이었다. 고인이 한을 풀어 달라고 스탬프를 찍은 듯, 멀쩡하던 등에 손가락 자국이 선명해진 것이다.

이게 바로 중력의 법칙이다.

시신이 흙빛을 띠면 작은 상처들은 파악이 어렵다. 심장이 멈추면 몸속의 피가 중력의 법칙에 따라 아래로 쏠리기 때문이었다. 누운 자세로 사망한 사람. 중력의 법칙에 의해 등 쪽이 시커멓게 변하기에 손가락 자국을 볼 수 없었다. 그러나 부검으로 피가 빠져나가면 이야기가 달라진다. 핏기가 가시니 등에 감춰졌던 자국들이 모습을 드러낸 것이다. 흰 눈발이 녹으면 그 아래 숨어 있던 비밀의 발자국이 드러나듯.

결론적으로 70대 노인은 사고가 아니었다. 술주정에 지친 아내가 계단 위에서 밀어버린 것. 즉, 살인이었다.

"……!"

후끈 달아오른 몸으로 아버지의 사진을 찾았다. 그건 옛날 핸드폰에 들어 있었다. 오랜만에 켜려니 배터리가 방전되어 켜지지 않았다. 충전기 타입이 바뀌었으니 그것부터 찾아야 했다.

"아, 씨……."

마음이 급하니 충전기가 보이지 않았다. 온 집안을 다 헤집고서야 겨우 충전기를 찾아냈다.

'쫌……'

충전기를 연결하니 조바심이 났다. 1분쯤 지나자 다섯 눈금의 하나가 들어왔다. 파워를 ON 하지만 화면이 열리다 만다. 조금 더 기다렸다. 5분이 엄청나게 긴 시간이라는 걸 다시 한번 깨닫는 순간이었다.

마침내 구형 핸드폰이 켜졌다. 당시에는 화소 좋다고 생각하던 핸드폰. 네 번의 신형이 나온 후 보니 차마 못 봐줄 정도다.

아버지의 사진이 나왔다. 그리운 얼굴을 넘기고 장례식장의 사진을 띄웠다.

"……!"

잠시 정신이 아뜩해지며 핸드폰을 떨구고 말았다. 시신의 등에 찍힌 손자국. 방성욱의 자료에 담긴 사고사를 위장한 살인의 경우와 싱크로율 99.9%였다.

'살인이었어.'

창하의 아래턱이 미치도록 떨렸다. 손가락 자국은 생체반응이다. 죽은 후의 이송 과정에서는 누가 만졌다고 해도 자국이 되지 않는다. 더구나 아버지는 발견 당시 이미 절명해 있었다.

그렇다면 사고가 나기 직전에 누군가 정다운 표시로 어깨를 잡거나, 안마 같은 걸 받았을 수도 있을까? 방성욱의 경험치가 다시 작동을 했다. 그럴 수는 있겠지만 저 정도의 압력으로 애정을 표시하는 불가능했다.

'젠장할.'

한 번 더 망연했다. 시신이 있다면 저 부위를 떼어내 현미경을 보면 끝이다. 혈구가 보이면 사망 당시에 생긴 상처인 것이고 염증이 나온다면 사망하기 몇 시간 전에 생긴 상처가 되기 때문이었다. 하지만 부검 후에 화장해 버린 아버지의 시신⋯⋯.

방성욱.

그의 육성은 마지막 USB에서 나왔다. 동영상이었다. 배경은 국내 병원의 병실이다. 환자복에 병약한 모습으로 보아 운명하기 얼마 전에 촬영한 것으로 보였다.

그의 첫 멘트는 한 단어였다.

─백택!

비교적 또렷했다.

─누군지는 모르지만 당신이, 이 영상을 볼 때쯤이면 둘

중 하나의 결론이 나왔을 겁니다. 내가 중국계 시신의 귀신에 홀렸든지 아니면 그 시신의 예지가 진실이든지. 나는 물론 범죄 규명에 일조하는 검시관으로서 차라리 내가 귀신에 홀렸기를 바랍니다.

화면이 그의 메스로 바뀌었다. 작은 백택 조각의 클로즈업이었다.

─한국으로 오기 몇 년 전 뉴욕에서 일어난 사건입니다. 횡경막을 베고 심장을 적출한 살인사건이 세 건이나 이어졌습니다.

심장 적출.
창하의 심장이 벌렁거렸다. 그렇다면 지금 벌어지고 있는 한국의 미궁 살인과 같았다.

─하나는 메스로 베었고, 또 하나는 칼로 찌른 후에 집게로 벌려 심장을 꺼냈으며 마지막은 손끝에 장착하는 반원 모양의 칼로 찌르고 심장을 꺼낸 사건… 셋 다 마취제를 쓴 후에 일어난 일이니 의사나 의료 종사자, 검시관 등이 선상에 올랐었습니다.

"후우."

일단 안도의 숨을 쉬었다. 범행 수법으로 보아 한국의 살인 과는 다른 경우였다.

―뉴욕 경찰에 비상이 걸렸지요. 첫 두 건의 부검은 내가 진행했는데 절창의 각도를 계산해 범인이 왼손잡이이며 키가 170㎝ 정도라는 걸 특정해 주자 경찰이 공개수사에 나섰습니다. 그러던 중에 범인을 자처하는 청년이 자수를 해왔는데 그는 오른손잡이에 184㎝의 키였습니다. 내 부검 단서와 달랐으니 경찰은 긴가민가했지만 내 부검은 틀리지 않았습니다. 그러니까 진범은 자수한 청년의 양아버지로 중국계 점성술사였는데 그가 바로 왼손잡이에 171㎝였습니다. 주거를 수색하니 지하에서 양아버지가 시신으로 나왔습니다. 세 번째 희생자였죠. 낡은 타자기 옆에 무너진 시신에서 치사량에 가까운 진통제와 마취제가 검출되었고 횡경막 아래가 뚫린 채 심장이 삐져나와 있었죠. 아들에 의하면 양아버지는 영적인 실험을 하고 있었는데 그 완성을 위해 부탁을 했다는 것이었습니다.

"……?"

영적 실험?

창하 미간이 구겨졌다. 뭐가 어떻게 돌아가는 얘기란 말인가?

—그 일로 경찰이 발칵 뒤집혔지만 아들의 말은 사실이었습니다. 아버지의 자필 노트가 발견되었거든요. 뉴욕 경찰은 중국계 점성술사를 광기 어린 정신병자로 생각하고 사건을 덮었습니다.

"……."

—그걸 덮지 못한 건 나뿐이었죠. 정확히 말하면 나는, 오히려 그때부터 점성술사에게 빠지게 되었습니다.

'죽은 점성술사에게?'

—부검 때문이었습니다. 그 시신 역시 내가 부검하게 되었는데 특별한 칼을 쓰게 되었습니다. 바로 이 메스죠. 아, 참고로 말하는데 미국의 부검은 검찰이나 경찰이 아니라 검시관이 판단하는 시스템입니다.

"……."

—경찰에 수감된 아들이 말하길 아버지의 마지막 유언이 하나 있었는데 자기가 죽어 부검을 하게 되면 이 메스로 갈라달라고 했다나요? 보다시피 수백 년은 된 것 같은데 칼날

이 기막히길래 소원 들어주는 셈 치고 부검에 사용을 했습니다. 어떤 일이 일어났을까요?

어떤 일?
창하가 화면 앞으로 다가섰다. 그만큼 몰입되고 있었다.

―지금도 믿기지 않지만 메스가 그의 쇄골에 닿는 순간, 엄청난 감전 현상이 일어났습니다. 어시스턴트들은 멀쩡한데 나에게만 말입니다.

'감전이라고?'

―그 순간 그 점성술사의 영체를 만났습니다. 그가 사연을 전해주더군요. 간단히 말하면 이런 내용입니다. 고대에 사악한 정기의 혼이 11,520개가 있었는데 그것들은 특정한 해가 되면 살육 파티로 인간의 심장을 모아 다음 준동 때까지 양식으로 삼았다. 처음에는 그 주기가 300년 정도였는데, 그들 세계의 붕괴로 많은 정기가 사멸되자 남은 소수의 정기들이 인간의 모습으로 준동하면서 약 60년 주기로 살육 파티를 벌이고 있다.

"……?"

─마지막 남은 사악한 정기는 아마도 소수. 1950년대 말 뉴욕과 텍사스, 캐나다를 공포로 몰아넣은 미궁 살인도 그들의 소행이었고, 그때 체포하지 못했으니 다음 차례는 아시아가 된다. 1900년 영국과 프랑스 등의 유럽에서 그랬고, 1959년 미국과 캐나다 등에서 그랬듯 81명의 심장을 산 채로 가져가 다음 60년까지의 양식으로 삼을 것이다.

쿨럭.
방성욱이 호흡을 고르자 코와 입에서 출혈이 흘러나왔다.
에볼라 감염.
광배의 말이 떠올랐다. 그렇다면 감염 경로는 부검이다. 에볼라에 걸린 사체인 줄 모르고 부검을 한 것이 분명했다.

─처음에는 너무 끔찍한 범죄다 보니 헛것이 보였나 했는데 그의 말이 증명이 되면서 빠져들게 되었습니다. 그러니까 이 메스… 그의 말로는 백택 8안 중의 4안이라고 하던데 이걸 사용하면 사악한 정기의 희생자들을 구분할 수 있다고 해요. 마침 우리 법의학 교실에 1960년대에 희생당한 두 사람의 장기 일부가 있어 실험을 해봤는데……"

방성욱, 메스를 들여다보며 말을 이어나갔다.

―메스를 대니 보일 듯 말 듯 한 링이 안개처럼 피어올랐습니다. 세어보니 네 개더군요. 나머지 네 개는 여기 이 빈자리를 메울 조각을 찾으면 선명하게 완성되는데, 신성한 그 조각이 존재하는 나라는 대한민국, 그걸 찾아 빈자리에 꽂아야 백택 8안이 완성된다고 들었습니다.

"……."

―백택 8안, 인간으로 변한 사악한 정기의 실체를 볼 수 있는 유일한 눈.

"……."

―그때부터 그 사건에 빠져 살았습니다. 1960년대 일어난 심장 적출 사건을 전부 뒤졌습니다. 사실이더군요. 영국으로 건너가 1900년에 일어난 사건도 찾아보았습니다. 그 또한 사실이었고 1800년대의 역사를 뒤져보니 나폴레옹의 침공을 막아낸 러시아와 주변 국가에서 수십 명의 심장 적출 사건이 있었음을 확인하게 되었습니다.

"……."

—그래서 뉴욕대학 법의학 교실에서 제시한 호조건을 뿌리치고 조국으로 돌아왔습니다. 설령 점성술사의 말이 거짓이었다고 해도 조국에 기여하는 셈 치면 되었고… 그런데 이렇게 몹쓸 병에 걸려 버렸네요. 내 주치의가 가망이 없다는 공식 선언을 내놓았으니 빛을 볼 날도 얼마 남지 않은 것 같습니다.

　"……."

　—다행인 것은 지금 내 옆에 그 점성술사의 혼이 와 있다는 겁니다. 그는 신의 허락을 받았고 10년간은 그의 혼이 깃든 물건에 빙의해 나를 도와줄 수 있다고 합니다. 그게 메스와 타자기라기에 미국에서부터 가져오게 되었습니다.

　"……."

　—누군지 모르지만 무거운 소명을 맡겨 미안하게 생각합니다. 그러나 누군가가 해야 할 일이지요. 그런 당신을 위해 내게 주어졌던 천재적인 부검 재능. 당신의 경험치가 되어 외로운 분투에 위로가 되기를 바랍니다.

　화면에 타자기가 보인다. 영상의 마지막이었다.
　순간.

다닥타다닥!

테이블에 올려둔 고물 타자기가 저절로 작동하기 시작했다. 놀란 창하가 재빨리 종이를 가져다 댔다. 먹끈이 없는데도 신기하게 글자가 찍혔다. 점성술사가 남기는 작별 인사일까?

「白澤用枯死 只有那一个方法」

열두 글자……

백택으로 고사… 오직 그 방법뿐이다.

'백택만이 사악한 정기를 죽이는 유일한 방법?'

한 번 더 타자기가 움직인다.

다닥다닥!

「古代精氣 殺人魔 人的形象 但以上」

열네 글자.

살인마, 인간의 모습이되 인간 이상.

대략 그런 뜻으로 보였다. 타자기는 다시 움직이지 않았다.

제8장

—

신들린 사인 분석

―검시관? 법의학 말이냐?

　국과수로 가는 신호 대기 중에 형 창길의 국제전화가 들어
왔다.

　"끝내주지?"

　―약 먹었냐? 의사 면허 반납하는 한이 있어도 그건 안 한
다더니?

　"그냥 반납하려면 아깝잖아? 조선 최초의 해부의라던 할머
니 조상님 체면도 살려줄 겸……."

　―이창하!

　"아무튼 그렇게 됐어. 그래도 차는 뽑아줄 거지?"

창하가 물었다. 창길의 약속이었다. 전문의 끝나고 자리가
정해지면 SUV 한 대 뽑아주기로 한 것이다.

—야, 그거야 문제없지만 갑자기 왜… 병원에 자리 났다더
니? 네 형수가 들으면 놀라겠다.

"형, 지금 중국이지?"

—그래. 상하이다 왜?

"요즘 한국에 미궁 살인 터지는 거 몰라?"

—아직도 범인 못 잡았냐?

"그래. 그런데 국과수 검시관 공채에 한 명도 안 왔다잖아?
그래서 내가 지원한 거야."

—야, 이창하.

"그러니까 그런 줄 알아. 기왕 검시관 된 김에 옛날 아버지
일도 좀 알아보려고."

—아버지? 너 아버지 사망이 좀 이상하다고 하더니 아직도
그 생각 안 버렸냐?

"국과수 오니까 다시 생각나는 거 있지. 뭐 좀 나오면 형한
테 알려줄게. 아, 언제 귀국?"

—여기 안면 인식 카메라나 좋지 현지법인 회계는 개판 아
니냐? 당분간은 더 샹차이 냄새 풍기며 살아야 할 거 같다.

"오케이, 귀국 스케줄 정해지면 얘기해."

—야, 이창하, 창……

형의 말이 다 나오기도 전에 전화를 끊었다. 파란 신호가

터진 것이다.

아버지.

이미 십 년도 넘게 지나 버린 일이었다. 시신은 화장을 했고 남은 건 핸드폰 사진 몇 장뿐. 방성욱의 경험치로 미루어보면 살인이 의심되지만 신중하게 접근해야 했다.

그걸 생각하면 국과수에 들어온 게 잘한 일이었다. 아버지의 부검 기록이 남아 있다면 자세히 열람할 기회도 생길 테니까.

"마시게."

피경철이 건네주는 믹스커피로 하루가 시작되었다.

"어제 늦게 가셨습니까?"

창하가 물었다.

"그놈의 미궁 살인 때문에 말이야. 검시관 30여 년에 이런 경우는 처음이야."

"……."

"하긴 검찰하고 경찰도 학을 떼는 모양이더군. 온갖 제보가 들어오지만 쓸 만한 건 하나도 없고… 경찰과학수사대가 전부 동원되어 CCTV와 증거물 수집에 나섰는데도 빈손. 결국 수사진만 지쳐간다며 한숨이야."

"범행 도구도 특정되지 않았다면서요?"

"그러게 말이야. 이게 무슨 외계의 무기를 쓰는 건지……."

"······."

"그러면 뭐 하겠나? 여전히 부검은 밀려들고… 오늘도 내가 해야 할 부검만 세 건이라네."

"예······."

"시작부터 만만치 않아. 네 살배기 어린 꼬마거든."

'네 살?'

"시작할까? 오늘은 검찰청 수사관이 기다리는 것 같던 데······."

"그러죠."

피경철을 따라 일어서는 창하.

'네 살 꼬마의 주검.'

나이가 곱씹힌다. 주검에 차별이 있어서는 안 되지만 측은한 마음이 드는 건 어쩔 수가 없었다.

"어린이집 CCTV 화면입니다."

수사관이 영상을 열었다.

"아, 새로 오신 검시관님이시라고요?"

그가 창하를 바라보았다.

"예."

"묘하네요. 이 건도 어린이집 신입 선생님이 일주일 만에 사고 친 건데······."

"보모 말입니까?"

피경철이 끼어들었다.

"일주일이면 제대로 적응도 못한 시기인데 아이가 사망했으니 신세 조진 거 아닙니까? 본인 말로는 아이를 안고 가던 중에 격렬하게 몸부림을 치는 바람에 떨어뜨렸고 그 후에도 아이가 성질을 못 이겨 뒹굴다 생긴 상처라고 변명하고 있습니다."

동영상이 돌아가기 시작했다.

아이들이 보였다. 옹기종기 모여 장난감을 만지다가 싸움이 붙었다. 사망한 준우의 장난감을 다른 아이가 뺏은 것이다. 뿐만 아니라 그 아이가 휘두른 팔이 준우 배를 쳤다. 뿔난 준우가 아이를 밀었다. 다른 아이들을 돌보고 있던 보모가 돌아본다. 새로 온 그 선생이었다. 다른 고참 선생은 자리를 비워 보이지 않았다.

선생님이 말리지만 이미 엉겨 붙은 아이들은 잘 떨어지지 않았다. 겨우 떼어내니 넘어진 아이가 운다. 분이 풀리지 않은 준우가 팔을 휘두르며 앙탈을 한다. 그 손이 선생님 눈에 맞았다. 화가 난 선생이 몸부림치는 준우를 구석으로 안고 간다. CCTV의 사각지대였다. 거의 동시에 고참 선생이 들어와 우는 아이를 수습한다. 초임 선생이 화면으로 나온다.

"사각지대에 있던 시간은 약 4분입니다. 그리고… 사각지대에 있던 시간이 중요한데 저쪽 벽을 보십시오. 선반에 놓인 플라스틱 놀이기구 흔들리는 게 보일 겁니다."

수사관이 화면을 되감았다. 선생님이 사각지대로 간 직후였다.

"다시 한번요."

피경철이 요청하지만 창하는 한 번에 알았다. 영상을 보는 눈도 전과 달라져 있었다. 잠깐이지만, 기구의 흔들림을 놓치지 않았다.

잠시 후 화면 앞으로 걸어 나오는 준우. 그렁한 눈물에 뺨이 붉고 옷맵시와 머리카락이 엉망이었다.

"얼굴 보시죠. 폭행을 당한 흔적이 역력합니다. 얼굴을 맞은 신임 선생, 사각지대로 가서 분풀이를 한 거 아니겠습니까?"

수사관의 추론이다. 화면상으로는 설득력이 있었다.

"다음 화면은 오후의 낮잠 시간입니다. 직전의 간식 시간에 구토를 했다던데 몇 번 하다 말아서 부모에게 연락하지 않았다더군요. 아이는 오후 낮잠 시간에 잠들었다가 끝내 일어나지 못했습니다."

설명과 함께 화면이 돌아갔다. 고참 선생이 들어와 잠자는 아이들을 '거칠게' 깨운다. 준우 차례가 되었다. 준우는 깨어나지 않았다.

원장이 달려왔다. 거구였다. 아이를 보더니 신참 선생을 부른다. 쥐 잡듯이 화를 낸다. 신참 선생이 아이를 살피자 거칠게 밀쳐 버리고 준우의 가슴에 귀를 댄다. 다시 신참 선생에게 핏대를 올리며 지시를 한다. 신참 선생이 대꾸를 하자 화를 내며 따귀까지 갈긴다. 그런 다음 원장이 직접 아이를 들어 매트로 옮겨놓는다.

119 불러!

입술 모양이 또렷한 고함과 함께 원장이 심폐소생술을 시작했다. 그사이에 구급대가 도착했고 준우는 병원으로 실려 갔다. 병원에 도착하기 전부터 이미 호흡이 없었고 응급 CPR을 받았지만 끝내 소생하지 못했다.

준우의 시신에는 상처가 있었다. 이마 위에 멍이 있고 볼과 팔뚝에도 멍이 보였다. 어깨와 엉덩이에서도 멍이 나왔다.

"응급실 진료 의사의 진단서입니다."

수사관이 서류를 내밀었다. 여러 상처와 함께 의학적 진단이 적혀 있었다. 다량의 혈뇨가 나왔고 복강에도 대량 출혈이 있다는 진단이었다.

"담당 의사 말로는 폭행과 함께 외부 충격으로 입은 내상이 출혈로 이어져 사망한 것 같다고 하더군요."

그가 사인을 짚어 보였다.

「다발성 복부 손상」

고딕체의 글자가 반듯하게 반짝거렸다.

"저희 추측으로는 사각지대에서 아이를 폭행하고 집어 던진 것 같습니다. 아까 기구 흔들림과 사각지대에서의 타이밍을 종합하면 퍼즐이 완성되죠. 본인은 완강하게 입을 다물고 있습니다만."

"다른 가능성은 없었다?"

피경철이 물었다.

"원장과 고참 선생 말로는 신임 선생이 문제가 많았다고 합니다. 그러더니 기어이 사고를 쳤다며……."

"일단 부검 진행해 보죠."

피경철이 일어섰다.

"08시 50분 정준우 부검 개시."

CT 결과를 확인한 피경철이 부검의 시작을 알렸다. 복막 안에 대량 출혈, 그러나 미세 골절은 없다는 통보였다. 부검은 언제나처럼 외표 검사부터 시작이었다.

"이마 끝과 측두부, 왼쪽 볼에 멍 자국."

피경철이 읽으면 어시스턴트가 적었다. 자를 대면 사진도 찍는다.

"양어깨와 오른 팔꿈치, 둔부에 멍 자국."

그러나 원장이 심폐소생술을 실시한 가슴에는 멍 자국 같은 게 보이지 않았다.

'가슴에 멍 자국이 없다?'

창하의 경험치 축이 우수수 일어서기 시작했다.

외표 검사가 끝나자 창하를 바라보는 피경철. 잠시 시신을 바라보더니 생각을 바꾸었다. 그의 메스가 준우 몸에 Y자를 그었다. 창하에게 맡기려던 피경철. 생각을 바꾼 건 시신이 어린아이기 때문이었다. 어차피 겪게 될 일이지만 그걸 당길 생각은 없었다. 부검에는 신분의 차이도, 차별도 없다고 생각하지만 어린아이 부검은 신참에게 가혹할 수 있었다.

복막이 열리자 핏덩이가 덩어리째 밀려 나왔다. 광배가 다가가서 국자로 핏물을 떠냈다. 일부는 검체 샘플이 되고 나머지는 계량용 양동이에 들어간다. 피의 양은 0.5리터 가까이 되었다.

내장은 엉망이었다. 비장과 췌장의 손상에 방광과 신장의 피멍······.

"색전이지?"

폐동맥을 집어낸 피경철이 창하를 바라보았다. 굉장히 두툼한 혈전이 보였다.

"그게 원인입니까?"

수사관이 물었다. 피경철은 답을 미루고 창하를 바라보았다.

"심각하지만 사망의 직접 원인은 아닙니다."

창하가 고개를 저었다. 간결하다. 피경철은 엷은 미소를 감춘다. 그걸 알아차리는 건 광배뿐이었다. 창하의 시선은 아이의 심장에 있었다.

'비대 심장……'

창하의 시선이 내장 기관에 집중된다.

찰칵!

피경철이 심장에 자를 대자 카메라가 터졌다.

그 후에 뇌가 열렸다. 뇌도 피경철이 확인을 했다. 특별한 이상은 없었다. 이제 창하의 시선은 아이의 폐에 가 있었다.

끄덕!

피경철이 신호를 보내왔다. 뭐든 마음대로 하라는 사인이었다. 창하가 메스를 뽑아 들었다. 방성욱에게 받은 메스는 오늘도 햇살처럼 청아한 빛을 튕겨냈다. 창하가 택한 건 폐동맥이었다. 그걸 떼어내 가위로 잘랐다.

'있다.'

창하가 가위질을 멈췄다. 갈라진 동맥 줄기에 거무튀튀한 덩어리가 보였다. 기세등등한 혈전이었다.

"사인이 나온 것 같군요."

피경철이 수사관을 바라보았다.

"뭡니까?"

"설명하시게. 어제처럼 명쾌하게."

피경철이 창하에게 말했다.

"아이는 폭행이나 집어 던진 충격으로 사망한 게 아닙니다."

창하 입이 열렸다.

"아니라고요? 머리와 몸에 멍이 있고 장기 손상과 함께 복부에 저렇게 많은 출혈이 있는데도요?"

수사관이 되물었다.

"저 정도 멍과 상처는 흔한 것들입니다. 신임 선생의 말이 맞을 수도 있어요. 출혈 역시 적지 않지만 치명적인 건 아니고요."

"그럼 장기 손상은 어떻게 설명이 됩니까?"

"손상은 심각하군요. 그러나 그것 역시 CCTV 화면에서 보인 사각지대의 진동이 있었던 시간에 시작된 게 아닙니다. 그때 일어난 손상이라면 아이는 그 당시에 바로 쇼크가 왔을 겁니다."

"……?"

"그 증거로 이 손상된 장기들… 염증이 발견되지 않고 있습니다. 조직이 손상되면 인체는 즉각적인 방어기전으로 대응합니다. 보통 한두 시간, 길어야 세 시간 정도죠. 그럼에도 6-7시간 후의 사망시각까지 염증반응이 없다는 것은 장기 손상이 일어난 시각이 그때가 아니라는 겁니다."

"그럼 사인이 뭐라는 겁니까?"

"이거죠."

창하가 폐동맥 혈관을 들어 보였다.

"혈관?"

"혈전입니다. 아이의 심장 보이시죠. 보통 아이에 비해 굉장

히 큰 편입니다. Cardiomegaly 즉, 심장 비대라는 질병입니다
만."

"폭행이 아니라 심장질환으로 숨졌다는 겁니까?"

"심장이 비대해지면 혈액순환과 공급에 문제가 생깁니다.
특히 심장에서 먼 다리가 그렇죠. 아마도 아이의 다리 쪽 동
맥에 이보다 큰 혈전이 생겼을 겁니다."

"……."

"그 혈전의 일부가 탈락해 아이의 심장으로 흘러갔겠죠. 혈
관 안의 지방과 혈전은 작은 크기라도 머리로 올라가면 치명
적인데 심장 또한 예외가 아닙니다. 그 혈전이 아이의 폐동맥
을 막은 겁니다."

창하가 폐동맥 안에 들러붙은 혈전을 가리켰다.

"아이의 직접 사인은 자연사입니다."

결론도 같이 나왔다.

"자연사?"

수사관이 피경철을 돌아보았다. 신임 창하의 말이니 확인이
필요한 것이다.

"우리 국과수의 만렙 신참입니다. 이 선생이 그렇다면 그럴
겁니다."

"피 선생님."

"흐음, 좀 더 진행해 줘야겠는데?"

피경철이 창하에게 눈짓을 주었다.

"최종 정리 하자면 아이의 외상은 외부 충격에 의한 게 맞습니다. 보모가 때렸을 수도, 던졌을 수도, 혹은 반대로 아이가 발버둥을 치다 떨어졌을 수도 있겠지요. 그러나 장기의 손상과 복막 출혈은 다른 데 원인이 있는 것 같습니다."

다른 데?

수사관의 귀가 토끼처럼 쫑긋 세워졌다.

*   *   *

"그게 뭐라는 겁니까?"

수사관의 질문이 이어졌다. 잠시 시신의 가슴을 바라보던 창하, 천천히 말을 이었다.

"원장의 심폐소생술입니다."

"예? 심폐소생술요?"

"아까 영상에서 보니 원장이 거구였습니다. 당황한 탓에 치명적인 실수를 저질렀습니다."

"……?"

"나중에 화면을 다시 돌려보시기 바랍니다. 원장이 미친 듯이 심폐소생술을 실시한 자리… 푹신푹신한 매트였습니다."

"그게 어쨌다는 겁니까?"

"심폐소생은 딱딱한 바닥에서 실시하는 게 원칙입니다. 원장처럼 거구인 사람이 푹신한 매트 위에서, 그것도 어린아이

가슴을 강하게 압박하게 되면……."

치명적!

"……!"

수사관의 이마에 식은땀이 번져갔다.

"그러나 아이는 원장의 심폐소생술이 있기 전에 이미 숨을 거두었습니다. 그 또한 화면을 보면 알 수 있을 겁니다. 원장은 거의 폭력적으로 아이의 가슴을 눌러댔는데 시신의 가슴에는 멍 자국이 남지 않았습니다. 심폐소생 당시에 아이 심장이 멈춰 있었다는 증거죠."

"……."

"이 부검의 핵심은 사인이 아니라 아이의 부모님을 어떻게 설득시키냐일 것 같군요. 폭행과 심폐소생술… 어찌 되었든 아이 몸에 손상을 남겼습니다. 부모 된 심정이라면 머리는 이해하되 가슴이 이해하지 않을 겁니다."

"……."

"진범은 이놈이니 말이죠."

창하 눈은 폐동맥의 혈전에 멈춰 있었다. 성인이라면 인지할 수 있었을 혈전. 그러나 어린아이인 데다 맞벌이 부모가 바쁜 탓에 모르고 지나갔던 것이다.

부검.

가끔은 뜻밖의 결과도 나온다. 지금이 그때였지만 어쩔 수 없었다. 검시관은 시신이 죽음에 이른 진실을 밝힐 뿐이었다.

그러나 창하의 사인 분석은 억울한 한 사람을 구해냈으니 바로 신임 선생이었다. 사실 그녀는 아이를 폭행하지도 내던지지도 않았다. 그녀의 진술처럼 안고 가던 중에 몸부림을 치니 힘에 겨워 떨어뜨리고 말았다. 아이는 추락한 후에도 악을 쓰며 굴렀다. 그러다 기구에 얼굴과 팔 등을 부딪쳤던 것. 그게 바로 화면에 보인 진동이었다.

수사 과정에서 말하지 않은 건 자책감 때문이었다. 어쨌든 아이는 죽었다. 그 자책감이 충격이 되어 말문을 막아버렸던 것.

나중에 드러난 어린이집의 운영 행태를 보면 그녀 역시 희생자였다. 고참 선생은 기막힌 요령주의자였다. 원장이 볼 때는 살살거리며 혼자 일을 도맡아 하는 척하고 원장이 없으면 신임 선생에게 일을 맡기고 사각지대에서 커피를 마시거나 잡담 통화를 일삼았던 것.

원장 역시 부모들 앞에서만 아동 전문가이자 친절의 여왕이었지 사람의 눈이 없는 곳에서 무책임하고 무능력한 인간이었다. 그 증명은 표정 전문가가 분석한 심폐소생술 당시의 대화에서도 나왔다.

─원장님, 심폐소생술은 딱딱한 바닥에서 해야 하는 거 아닌가요?

신임 선생은 그 와중에도 침착성을 발휘했다. 그러나 원장과 아첨쟁이 고참이 그걸 무시했다.

—네까짓 게 뭘 알아?

쫘악!

제대로 알고 있는 신임 선생의 의견에 돌아온 건 따귀라는 폭행이었다. 덕분에 아이는 내장이 상하고 복강에 출혈 홍수를 이루는 비참한 모습이 되었다. 부검이 없었다면 신임 선생에게 폭행치사의 중죄를 덮어씌웠을 행동이었다.

사망 후에 일어난 일이라 처벌받지는 않았지만 위험천만한 심폐소생술이 아닐 수 없었다.

짝!

앞치마를 벗으며 피경철과 하이 파이브를 나누었다. 이번 부검 결과도 만족스러운 피경철이었다.

"이 선생은 아무리 봐도 신참 같지 않단 말이지."

"저 초짜 맞습니다."

"한편으로는 아깝고 한편으로는 고마워서 그래. 천연기념물 신입이지만 옛날에 날리던 방 과장에 버금가는 실력파 같아서."

"열심히 하겠습니다."

"내가 미궁 살인 건으로 찾아온 검찰청 이장혁 검사와 대검 과학수사 팀장을 좀 만나야 하는데 쉴 텐가? 아니면 다른 부검을 참관할 텐가?"

"참관하죠."

"그럴 줄 알았네. 소예나 선생 팀에 가보시게. 우리가 맡았던 아이의 주검보다도 황당한 사건 같던데 이 선생이 옆에 있으면 든든해할 거야."

피경철이 창하 어깨를 두드렸다.

*　　　*　　　*

"어, 이 선생."

피경철의 말대로 소예나가 반색을 했다. 서울 사무소의 홍일점 소예나. 그러나 명성만은 여느 검시관에 뒤지지 않았으니 세계적인 문호나 예술가의 사인이나 작품을 법의학적 관점에서 규명하고 해석하는 '법의탐적학(Medicolegal Pursuitgraphy)'에도 일가견이 있었다.

그녀의 부검대도 풍경은 비슷했다. 어시스턴트가 둘이고 형사가 와 있다. 형사는 경위 계급으로 이 사건의 팀장을 맡고 있었다. 그러나 부검대는 좀 달랐으니 올라온 사체가 둘이었다. 생후 5개월 된 아기와 엄마… 따로 부검해도 되지만 같은 사건의 사체. 모자를 떼어놓기 뭣해 동시에 진행하는 소예나였다.

"......"

엄마 목에는 목맴의 흔적이 보였다. 아기를 먼저 죽이고 목을 매단 동반 자살 건이었다.

"피 선생님 부검 벌써 끝났어?"

"예."

"이 선생이 있으니 날아다니신 모양이네."

"사체가 둘이네요?"

"이게 좀 난해한 사건이야."

소예나가 한숨을 쉬었다. 갓 스물을 넘어 보이는 엄마와 어린 아기. 방금 끝낸 피경철의 부검보다도 애잔한 풍경이었다.

"엄마는 스물세 살. 남편이랑 주말부부인데 아기 얼굴에 랩을 감아 죽이고 자기도 목을 매달았어."

소예나의 손이 시신의 목에 난 의흔을 가리킨다. 의흔은 전형적인 목맴 자살이었다. 끈은 뒤에서 작용했다. 선명한 자국은 하나뿐이니 그냥 보면 자살이다. 누가 교살을 시도했다면 목에 난 자국은 둘 이상이 되게 마련이었다.

현장 풍경은 평온했다. 젖병 떨어진 것만이 거슬린다. 무엇 하나 흐트러진 것도 없고 외부인의 침입 흔적도 없었다. 아기의 엄마는 창창한 나이의 미녀. 남모르는 육아 스트레스가 그녀를 자살로 몰아간 걸까?

수사진의 견해도 그쪽이었다. 사망 추정 시간에 남편은 지방의 회사에서 일하고 있었다. 그의 증언도 수사진의 추측과

일치를 했다.

"아기 보는 일이 힘들어 죽겠다는 말을 자주 했습니다. 그래서 절친이 있는 연립주택으로 옮겨주기까지 했는데……."

남편의 증언이었다. 부부관계가 나쁜 편도 아니니 의심의 여지가 없었다.

"10시 16분, 부검 시작합니다."

소예나의 개시 선언이 나왔다. 그녀의 루틴은 피경철과 좀 달랐다. 시신을 상하좌우의 각도에서 바라본다. 그런 다음 시신을 돌려 후면을 살핀다. 머리카락을 들쳐보는 것도 섬세하고 입의 구멍과 손발톱, 손가락과 발가락 사이를 보는 것도 섬세하다. 각이 지는 곳이나 모서리는 면봉으로 비벼보기도 한다.

여자는 섬세하다?

아니다.

그건 남녀를 떠나 한 검시관의 성향일 뿐이었다. 그녀와 함께 시선을 움직인 창하. 그녀가 메스를 고르는 동안 증거물로 가져온 끈을 보고 있었다. 베란다에서 흔히 사용하는 빨랫줄 재료다. 그러나 새것은 아니었다.

그사이에 소예나가 시신을 절개했다. 그녀의 부검 술식은 우아해 보이기까지 했다. 내장을 들어내고 위장의 내용물을 확인한다. 사망 추정 시각은 09시. 아침 식사로 먹은 빵과 토마토가 소화되기 전이었다. 성폭행 검사는 따로 하지 않았다.

경찰 수사 팀이 이미 성폭력 키트로 성폭행은 없었음을 확인한 까닭이었다.

목맨 자국과 표피의 박탈, 울혈과 시반, 혀 돌출 상태를 살핀다. 현수점을 확인하고 교사의 가능성을 탐색한다. 교사라면 전형적인 질식의 형태가 관찰된다. 교흔 위의 울혈과 부종 등이 확연할 수도 있고 코와 귀에 출혈이 보이기도 한다.

그녀가 확대경을 집었다. 시신과 끈에 대고 이물질을 찾는다. 이물질이 나온다면 자살을 위장한 목맴으로 볼 수도 있었다.

뇌를 열고 한참 후, 교과서적인 시간을 엄수하며 목을 절개한다. 경동맥 안쪽에 열창이 보인다. 다른 근육 출혈 소견이 없으니 소예나가 어깨를 으쓱해 보였다. 저항한 흔적은 없다. 자살을 위장한 흔적도 없다. 경부 압박 질식사가 확실했다. 죽은 그녀 스스로가 목을 맨……

다음으로 아기를 본다. 아기의 입에는 우유 입자가 남아 있었다. 우유를 먹던 중에 사망을 한 것이다. 창하의 눈은 아기의 등에 머물렀다. 등에 부드러운 압박 자국이 있었다.

측은하지만 아기도 기본 부검은 피할 수 없다. 소예나의 메스가 한 번 더 움직였다.

"우리 뉴 페이스 생각은 어때?"

결론을 내린 그녀가 창하를 바라보았다.

"선생님이 찾으신 사인은요?"

"성폭행 흔적도 없고… 전형적인 의혼에… 시신으로 확인되는 건 자살이야."

"확대경, 제가 잠깐 써도 될까요?"

"물론이지."

소예나가 자리를 비켜주었다. 창하가 잡은 확대경의 대상은 빨랫줄이었다.

"현장 사진 좀 보여주실래요?"

창하가 요청하자 경위가 사진 몇 장을 꺼내놓았다. 그중에서 목줄을 묶은 사진을 집었다. 문이었다. 열린 문의 손잡이. 방성욱의 경험치가 작용하기 시작했다.

그러니까 방 안쪽 손잡이에 줄을 묶고 문 위로 넘겨 문의 바깥에서 몸을 등진 채 목을 매달았다.

사진을 확인하고는 확대경으로 줄을 조사한다. 문 위의 정점, 그러니까 지렛대 작용을 한 그 지점이었다. 마찰 흔적이 있었다. 체중이 작용했을 테니 당연한 일이었다. 줄을 움직여가며 흔적의 방향을 찾는다. 그런 다음 흰 종이를 깔고 빨랫줄을 비벼놓았다. 떨어진 이물 중에 다른 게 보였다. 소예나는 보지 못한 것. 붉은빛의 비닐 조각이었다.

"경위님."

"예."

"아까 얘기 듣자니 사망자 이웃에 친한 친구가 있다고 했죠?"

"예."

"조사하셨나요?"

"참고인 진술은 받았습니다."

"용의자는 아니었고요?"

"용의자요?"

경위의 눈이 휘둥그레졌다. 외부 침입의 흔적이 없는 연립주택. 반항의 흔적도 없는 사망자. 여자의 친구가 끼어들 여지가 없는 일이었다.

"프리랜서인데 며칠 전부터 감기 몸살 기운이 있어서 약을 먹고 쉬고 있었다고 하더군요. 아기에게 감기가 옮을까 봐 며칠 들르지 않았고요. 인근 내과에서 5일치 약을 가져간 것도 확인이 되었습니다."

"그 사람, 남자가 있나요?"

"없다고 들었습니다. 주변 탐문에서도 남자가 들락거리는 건 못 보았다고 하고요."

"……."

"타살의 느낌이 있습니까?"

경위가 촉을 세웠다.

"이건 타살입니다."

"……!"

경위의 입이 쩌억 벌어졌다. 메스를 정리 중이던 소예나도 마찬가지였다. 평온한 현장에 저항의 흔적이 없는 사체. 그런데 타살이라니?

"이 선생."

소예나가 먼저 반응을 했다.

"어떤 이유로 타살이라는 겁니까? 우리 현장감식 팀은 그런 정황을 발견하지 못했습니다."

"혹시 줄의 현수점도 보셨습니까?"

"당연히 봤지요."

"눈으로 보기만 했겠지요?"

"......?"

"자살이라면 그 문에 이 끈의 미세 조각이 남아 있을 겁니다. 체중이 걸리면서 마찰이 일어났을 테니까요. 하지만 그 문에는 미세 조각이 없을 겁니다."

"무슨 뜻입니까?"

"끈을 잘 보세요. 이쪽이 문의 손잡이에 묶은 쪽이고 이 중간 부분이 문의 꼭대기에서 앞뒤로 넘어가는 부분입니다. 자살이라면 끈의 쏠림이 어느 쪽으로 일어나야 할까요?"

"그야 물론 시신 쪽으로······."

"그런데 지금 어느 쪽으로 쏠려 있죠?"

"......?"

확대경을 보던 경위의 등골이 오싹해졌다. 끈이 쏠린 방향은 시신이 아니라 문 안쪽 방향이었다.

"이것?"

"맞습니다. 누군가 올가미를 걸고 안에서 잡아당긴 겁니다. 그것도 문 위의 힘 작용점 밑에 뭔가를 대서 마찰도 줄이고 흔적도 남기지 않으려고 머리를 써가면서요."

"하지만 저항한 흔적이 없지 않습니까?"

"저항할 수 없었죠."

"왜요? 누군가 목을 조이면 저항하는 건 본능 아닙니까?"

"그 본능보다 더 중요한 본능이 있었으니까요."

"목숨보다 더 중요한 본능?"

경위 시선이 격하게 흔들렸다.

"그게 뭐라는 겁니까?"

"모정!"

창하 시선이 아기에게 향했다.

"모정이라뇨?"

"아기를 보십시오. 입안과 위에 우유의 흔적이 남았습니다. 그러니까 아기는 사망 당시에 우유를 먹고 있었다는 겁니다. 엄마 품에 안겨서요."

"……."

"현장 사진에 우유병 있었죠?"

"먹다만 우유병이 있었습니다만."

"세상의 어떤 엄마가 우유 먹는 아기의 숨통을 막을까요? 본 적 있습니까?"

"……!"

"또 다른 증명은 아기 등에 난 이 압박흔입니다. 너무 부드러워 그냥 지나치기 쉽지만 엄마의 오른손 팔 자국입니다. 희생자는 아기를 안은 채 목이 걸렸고 목숨보다 아기를 보호하려는 생각에 아기를 놓지 않았던 겁니다. 그러니 저항할 수 없었죠."

"그럼 대체 누가?"

"피살자와 아주 막역한 사람. 그래서 마음대로 그 집을 출입할 수 있는 사람."

"그런 사람이라면 남편 아닙니까? 하지만 남편은… 응?"

폭주하던 경위가 말꼬리를 끊었다. 또 한 사람이 떠오른 것이다.

"같은 연립에 1층에 살고 있는 절친?"

"가능성이 높겠지요."

창하 대답은 묵직했다.

"그럼 안으로 잠긴 문은요? 여자가 외부에서 가스 파이프라도 타고 들어갔다 나왔다는 겁니까?"

"같은 연립으로 이사를 갈 정도로 친한 사이라면 열쇠를 몰래 카피해 뒀을 수도 있지 않을까요?"

"……."

"힌트를 하나 더 드려요?"

"뭡니까?"

"범인은 피살자의 목에 줄을 걸고 안에서 잡아당깁니다. 아기까지 안았으니 힘 좀 써야 했을 겁니다. 그렇다면 손아귀에 흔적이 남았을 가능성이 높죠. 여자라면 더욱더요."

"이런, 젠장!"

경위가 치를 떠는 사이에 창하는 면봉을 잡았다.

"선생님, 혹시 모르니 유두 주변과 귀 같은 곳에서 유전자 샘플을 채취해도 될까요?"

창하가 소예나에게 물었다.

"이 선생."

"죄송하지만 미국의 사례에서는 동성애자의 시기심 때문에 이와 유사한 사건이 일어나는 경우가 많더군요."

"맙소사, 총기 사건에도 미국 사례를 적용했다더니. 대체 어디까지 공부한 거야?"

"심심풀이로 조금씩 봐왔을 뿐입니다."

"시도해 봐."

소예나가 수락했다. 창하의 분석에 뻑 가버린 것이다.

사건의 진범은 이틀 후에 검거되었다. 범인은 창하의 예측처럼 사망자와 같은 연립에 사는 절친이었다. 실마리의 출발은 역시 창하였다. 경위는 빨랫줄에서 영감을 얻었다. 현장으로 달려가 빨랫줄부터 확인을 했다. 피살자 집의 빨랫줄은 베란다에 그대로 있었다. 경위는 연립 1층으로 내려갔다.

주변 동향을 묻는 척 절친을 만났다.

"범인을 꼭 잡아주세요."

절친은 눈물을 머금었다. 친구의 명복을 빌고 있는 중이라며 영정 사진까지 보여주었다. 일반적으로는 티끌의 의심도 해서는 안 될 분위기였다. 슬쩍 그녀의 베란다를 보았다. 빨랫줄이 보였다. 새것이었다.

"괜찮으시면 물 한 잔 부탁해도 될까요?"

그녀가 냉장고 문을 열었다. 붉은 글자 선명한 에미앙 생수가 가득했다. 그사이에 잠시 베란다로 나왔다. 새것을 묶은 못 아래를 살폈다. 초록색 끈 파편 몇 개가 보였다. 단단하게 묶은 끈을 가위로 자르면서 조각이 날린 것이다. 그녀의 머리빗에서 슬쩍 추려낸 머리카락 몇 올과 함께 국과수에 넘겼다.

끈은 목을 매단 줄과 같은 것으로 판명이 되었다. 유전자 검사도 나왔다. 사체의 유두와 가슴 부근에서 채취한 체액 성분. DNA 증폭 과정을 거쳐 나온 결과는 절친의 것으로 판명되었다. 이제는 1 나노그램만 있어도 증폭이 가능한 시대였다.

구속영장이 발부되었다.

"야, 이 견찰 새끼들아. 친구가 죽어서 가슴이 터질 지경인데 누구한테 누명질이야?"

절친이 돌변했다. 조신하던 모습은 간데없고 천박하게 날뛰는 것이다. 경위가 진료 확인서를 보여주었다. 사건 다음 날 그녀가 들른 외과의 치료 기록이었다. 손바닥의 상처를 치료받았다. 가까운 곳을 두고 먼 쇼핑센터 근처의 병원으로 가는 머리까지 쓴 것이다.

"그리고 당신 DNA가 피살자의 유두에서 나왔어."

두 번째 증거 제시.

"그게 뭐? 젖 때문에 몽우리가 아프다길래 내가 좀 빨아줬어. 우리 엄마도 나한테 그랬어. 어른들이 쓰던 민간요법이라고."

"민간요법?"

"그래. 생사람 잡지 말고 누명을 씌우려면 제대로 좀 씌워봐."

절친의 승부수였다. 사건 당일 현장 수사 분위기는 '자살'이었다. 아래층에 있으면서 분위기를 읽었던 그녀였다. 그렇기에 자신만만했던 것이다.

"하긴 갓난아기와 친구를 태연하게 죽이신 분인데 순순히 '네' 하겠어?"

경위가 손짓하자 경장이 끈과 에미앙 페트병을 가져왔다. 그녀 앞에서 페트병을 가운데만 잘라냈다. 빨간 상표가 붙은 채로였다.

"신 경장, 좀 도와줘."

경위가 말하니 경장이 문을 등지고 섰다. 경위는 세로로 자른 페트병을 문 위의 현수점에 물렸다. 빨랫줄의 마찰을 없애고 당기는 데 용이하게 하려는 장치였다.

"아차, 이 상표가 중요한데……."

경위가 페트병 조각의 각도를 조절했다. 그때부터 여자의 표정이 변했다.

"시작하자고."

경위는 열린 문을 사이에 두고 경장의 올가미를 목에 걸었다. 그런 다음 줄의 한쪽을 문 뒤로 넘기고 몸을 돌려 줄은 잡은 후, 미친 듯이 줄을 당기며 줄 끝을 손잡이에 감는 재연을 했다.

"……!"

그녀의 눈동자에 지진이 일었다.

"이래도 잡아떼실 텐가? 현장에 있던 끈은 당신 베란다의 빨랫줄을 잘라 온 거야. 다른 거 안 먹고 에미앙만 마시는 당신, 그 물병의 붉은 비닐 조각이 묻었고 현장 문 아래에도 일부 떨어져 있더군. 거기에 사망자의 유두에서 검출된 당신 DNA, 줄을 당기느라 난 손바닥의 상처로 받은 치료 기록. 증거는 충분해."

"악!"

여자가 솟구치더니 책상 위의 서류를 미친 듯이 흩어버렸다. 자포자기로 인한 발악이었다. 마침내 범행을 인정하는 순간이었다. 긴 흐느낌 후에 범행 이유가 나왔다.

"그년은 나를 배신했어. 죽어도 싸다고."

배신.

"……"

그 말에 수사진이 놀랐다. 그냥 배신이 아니라 이성으로서의 배신을 뜻하기 때문이었다.

범인은 동성애자였다. 피살자는 그녀의 파트너였다. 그러다 피살자가 남자를 만난 것이다. 피살자는 범인보다 동성애 성향이 약했다. 그렇기에 마음에 드는 남자가 나타나자 남자를 택했다. 결혼을 앞두고 고백하는 그녀를 두고 범인은 다짐을 했다.

'내가 그냥 둘 줄 알아?'

그러나 기회가 마땅치 않았다. 결혼과 동시에 그녀가 남편 집으로 들어가 버린 것이다. 그러다 기회가 왔으니 육아 스트레스였다. 홀어머니와 살다가 홀어머니를 잃은 그녀. 의지할 데가 없으니 그나마 친했던 범인에게 스트레스를 털어놓았다.

'빙고!'

범인은 쾌재를 불렀다. 속내를 감추고 그녀를 같은 연립으로 이사 오도록 부추겼다. 그녀의 남편과도 함께 만나며 부부를 안심시켰다. 그녀는 이제 범인의 손안에 있었다.

창하의 추론은 99% 적중했다. 남편과 유난히 정다워 보이던 지난 주말. 그녀의 남편이 지방으로 내려간 직후에 범인은 범행을 결심했다. 시기심에 시도한 애무가 피살자의 반감을 샀던 것.

"잠깐만."

선물이 있다며 1층으로 내려가 범행 도구를 챙겼다. 연립이지만 2층과 3층은 회사에 출근하는 사람들. 그녀가 올라가고 내려오는 걸 본 사람은 없었다.

"절대 눈 뜨면 안 돼."

선물을 빙자해 눈을 감겼다.

"뭔데 그래? 사람 궁금하게……"
"너하고 애기, 네 남편이 다 좋아할 멋진 목걸이."

아기에게 우유병을 물리던 여자의 눈을 감기고 올가미를 걸었다. 그런 다음 문 뒤로 돌아가 힘껏 줄을 당겨 버렸다.

몇 번이고 연습한 대로 줄 끝을 문손잡이에 묶고 아기를 뺏어 들었다. 아기까지 죽일 생각은 없었다. 그러나 어린것도 목숨이라고 제 엄마 죽은 걸 알고 빽빽거리니 얼굴에 랩을 감아 버린 것이다.

피살자가 죽자 문 위에 끼웠던 페트병 조각을 빼 들고 집을 나왔다. 문은 밖에서 잠갔다. 열쇠는 미리 카피해 두었기에 문제 될 게 없었다. 그 열쇠는 집 앞 하수 구멍에 던져 버렸다.

한 사람은 상대를 스킨십이 심한 친구로 생각했고.

또 한 사람은 상대를 파트너로 생각했다.

그 차이가 빚어낸 비극의 끝이었다.

—자백하면서 묻더군요. 대체 누가 이걸 알아냈냐고?

설명을 마친 경위의 목소리가 여유 있게 이어졌다.

—국과수 검시관 님이라고 했더니 욕설로 마무리하던데요?

"……."

—고맙습니다. 자칫 자살로 판단해 완전범죄가 될 뻔한 사건을 선생님 덕분에 해결했습니다.

경위가 창하에게 고마움을 전해왔다.

"그나저나 뭐라고 욕하던가요?"

—그게… 엿이나 먹으라 그러라고…….

경위가 뒷말을 흐렸다.

"잘 먹겠다고 전해주세요."

그렇게 통화를 끝냈다. 이 여유 또한 방성욱의 노하우에서 비롯된 것이었다. 범인은 감추려 하고 검시관은 밝혀내야 한다. 그 숨 막히는 머리싸움에서 언제나 그들 머리 위에 있어야 한다. 그게 검시관의 존재 이유였다.

'부디 좋은 곳에 가기를…….'

검시관이 갖춰야 할 또 하나의 덕목. 부검대 위에 올라와 몸으로 말한 주검들의 명복을 비는 것. 이 마음만은 머리를 쓰고 말 것도 없이 진심이었다.

제9장
—
팩트 폭격

"안 돼."

피경철의 목소리는 단호했다. 백 과장 방이었다.

"왜 안 된다는 겁니까? 선배님도 인정하는 실력이면서?"

"아직 국과수 ID 카드에 잉크도 안 말랐지 않나? 온 지 보름도 안 됐는데 실전 투입을 하자고?"

"실력이 출중하지 않습니까?"

"그러니까 더 아껴야지. 백 과장은 얼마 만에 단독 집도에 들어갔나?"

"그야 6개월……."

"나도 6개월이었네. 소예나 선생은 7개월, 권우재는 8개월… 국과수 역사상 2주도 되지 않아서 단독 부검을 맡은 건 방성욱밖에 없어. 하지만 그 친구는 뉴욕에서 초빙해 온 세계적인 스페셜리스트였고."

"어차피 부딪쳐야 할 일입니다. 권 선생이나 소 선생도 크게 반대하지 않았습니다."

"다른 경우라면 먼저 맞는 매가 낫겠지. 하지만 부검만큼은 다양한 경험을 쌓게 한 후에 투입하는 게 옳아. 실력과 경험은 별개야."

"밀린 부검은 어쩌고요? 지역 검시관 사무소로 쪼개고 퇴임 선배님들 객원 검시관으로 초빙해도 넘쳐날 지경 아닙니까?"

"그래도 이건 아니야. 급하다고 인턴에게 수술 맡길 수 있나? 무리하면 체해."

피경철이 일어섰다.

"선배님."

"부검 3건이나 배당해 놓고 왜 이래? 형사들이 기다리고 있어."

"그러니까 이 선생을 실전에 투입하자는 거 아닙니까? 미궁 살인은 어쩝니까? 당장 오늘 11시에도 검찰과 경찰 합동수사 토의에 참가해야 하지 않습니까?"

"그건 소장님 보고 가시라고 해. 소장님은 검시관 아니야?"

"선배님."

"싫으면 나를 사수에서 빼든지. 모처럼 부사수 하나 안겨주더니 이게 뭔가? 말이 안 되잖아?"

"하지만 이 선생은 열정도 있고 부검 실력도 탁월합니다. 몇 달이 아니라 몇십 년 경력의 우리보다 뛰어나 보이지 않습니까?"

"나도 알아. 하지만 그러다 사표 던지면?"

"……!"

"재작년에도 본원에 세 명이 들어왔다가 두 명이 때려치웠지? 온 지 3달도 안 돼서 말이야."

"그건…….."

"복덩어리야. 미래의 에이스가 될 재목이지. 그러니 차근차근 가자고. 부검 밀리면 내가 주말에도 계속 나올게."

"죄송하지만 이미 조치를 했습니다. 과장으로서 전체 안배를 해야 할 의무가 있으니까요."

"조치를 했어?"

"지금 제2부검실에 있을 겁니다. 화재 추락사 부검 건 말입니다."

"그걸 이 선생에게 맡긴다고?"

피경철이 눈빛을 세웠다.

"접수된 서류를 보았는데 제법 난해하더군요. 선배님에게 맡길 생각이었는데 마무리 테스트용으로 맞춤한 거 같아서요. 헤매면 선배님 말대로 하고 해내면 제가 직권으로 업무 배정을 하겠습니다."

"백 과장."

"저 좋자고 이러는 거 아니지 않습니까? 자잘한 실무야 케이스 바이 케이스로 조언하면 되는 거고요."

"허얼."

"같이 가보시죠. 시간이 좀 걸리는 건이니 같이 보면서 판단하시죠."

백 과장이 의자에서 일어섰다.

"……!"

부검실에 들어선 백 과장과 피경철은 말문이 막혔다.

—부검 개시 시간 09시 06분.
—부검 완료 시간 09시 31분.

정확하게 25분이었다. 물론 간단한 부검의 경우는 10여 분만에 끝나기도 한다. 반대로 긴 부검은 2시간 이상이 걸린다. 그러나 지금 부검대 위에 누워 있는 시신은 2시간짜리에 속했다.

"끝났다고?"

백 과장이 다가섰다.

"예."

창하가 답했다.

"그런데 왜 알리지 않았나?"

"한 가지 더 확인하고 싶어 방치 중이었습니다."

"복기를 하는 건가?"

"제대로 된 건지 확인해 주시면 함께 말씀드리겠습니다."

"확인해 보시죠."

백 과장이 피경철의 등을 밀었다.

부검대 위의 시신은 엉망이었다. 화상에 더해 군데군데 찰과상과 타박상은 물론, 10㎝와 5㎝가 넘는 깊은 상처가 척골신경까지 치고 들어갔다. 그 상처는 겨드랑이 근처의 상완이두근에서 오훼완근까지 이어졌다. 방어흔으로도 볼 수 있는 손상이었다. 몸의 상처는 붉은색이다. 살아 있는 동안에 입은 상처라는 뜻.

가슴은 이미 열렸고 머리도 열려 있다.

외표는 그나마 양반이었다. 시신의 내부는 안에서 수류탄이라도 터진 듯 너덜거렸다. 엉덩이뼈도 참혹했다. 거기도 수류탄(?)이 터진 모양이었다. 그러나 목은 큰 이상이 없었다. 누군가 액사, 즉 목을 졸라 죽였다면 목구멍의 근육이 붉은빛을 띤다. 겉보기에 멀쩡하다고 해도 피부를 걷어내면 범인의 손가락이 압박한 자리가 붉은빛으로 남는 것이다.

피경철의 시선이 시신의 기도로 향했다. 서류를 읽어본 탓이었다. 시신의 기도에는 검댕이 없었다. 불이 났지만 연기 흡

입으로 인한 사망은 아닌 것이다.

「카바레 빌딩 화재, 10층에서 웨이터 보조의 추락사」

피경철의 기억이 부검 접수 서류를 보던 때로 돌아갔다. 사
망자는 변두리의 카바레 웨이터 보조. 사고는 카바레가 문을
닫은 새벽 2시 이후에 일어났다. 손님이 급감해 수입이 줄어
든 사망자와 웨이터. 오늘도 맥주 세 테이블로 때웠으니 신세
한탄을 하며 주방에 술판을 폈다. 술에 취한 후에 시비가 붙
었다. 원인은 손님이 놓고 간 지갑 때문이었다. 그걸 주운 건
사망자. 안에는 40만 원이 들어 있었다. 슬쩍하자는 웨이터와
보조 사이에 논쟁이 붙었다.

"형이 그러니까 찌질하게 사는 거야."

보조가 무심코 한 말이 웨이터의 심기를 건드렸다.

"이 새끼가 말이면 다 하는 줄 알아?"

웨이터가 핏발을 세웠다.

"뭐, 말 잘못했어? 반반한 과부들 오면 자빠뜨릴 생각이나 하고."

"야, 이 새끼가 진짜 뒈질려고 환장을 했네?"

웨이터가 판을 엎었다.

"아, 씨발. 누군 성질 없나? 나 이 일 안 해. 딴 데로 갈 테니까 밀린 월급이나 줘."
"이 새끼가 어디다 눈깔을 부라리고, 콱!"

흥분한 웨이터가 과도를 집어 들었다. 수박을 자르고 내려 놓은 것이었다.

"니미, 찌를 용기나 있어?"
"에이, 씨발!"

웨이터가 칼을 휘두르며 겁을 주었다. 그때 홀에서 연기가 솟았다. 술에 취한 채 실랑이를 하느라 불이 난 것을 알지 못 했던 것. 주방 문을 열고 나가니 홀은 벌써 불바다였다.

"으아앗!"

놀란 사망자, 천장에서 불똥이 떨어지자 창문으로 의자를 던지고 몸을 날렸다. 웨이터는 물 적신 수건으로 코를 막고

버티다 소방대원에 의해 구조되었다. 웨이터가 진술한 사건의
전모였다.

그러나 사망자 몸의 상처가 마음에 걸린 경찰, 부검을 의뢰
했다. 유리에 의한 손상으로 보기엔 애매한 구석이 많았다.

웨이터는 극구 부인했다.

"나는 모르는 일입니다. 휘두르기만 했지 찌르지는 않았어요."

웨이터는 부인하고 상처는 애매했다. 자창인 것도 같고 유
리에 의한 손상 같기도 했던 것. 깨진 유리나 칼날은 비슷한
상처를 남기기 때문이었다.

쟁점은 하나였다.

웨이터의 진술대로 불 때문에 몸을 날린 것이면 사고사가
된다. 그러나 칼을 피해 추락했다면 살인사건이다. 형사는 증
거물로 수집한 과도를 가지고 왔다. 혈흔은 나오지 않았다.

추락사!

그러나 부검은 추락사에만 머물지 않는다. 심근경색 여부
를 위해 심장을 보았고 뇌에서 일어난 경막외혈종인지의 여
부를 위해 뇌를 열었다. 그건 창하가 꺼내놓은 뇌가 말해주고
있었다. 사망자의 뇌에는 붉은 반점처럼 생긴 혈흔이 배어 있
었다. 거미막출혈이다. 10층에서 추락한 사람의 뇌가 이 정도
로 양호하다는 건 추락 당시 머리가 마지막으로 땅에 닿았다

는 방중이었다.

"혈액 분석은?"

"곧 나올 겁니다."

창하가 답하는 사이에 원빈이 들어섰다.

"알코올 농도 0.148%이고요 일산화탄소 헤모글로빈 수치는 낮게 나왔습니다."

원빈이 보고를 했다. 사망의 원인에서 연기 흡입이 지워졌다.

"사인은 뭐라고 생각하나?"

피경철이 물었다.

"칼로 인한 자창으로 촉발된 살인입니다."

살인!

그 단어에 창하의 힘이 실렸다.

"이유는?"

확인하는 피경철의 목소리 또한 묵직했다.

"여기 이 절창들입니다."

창하가 시신의 상처를 가리켰다.

"자창은 칼과 유리의 손상을 구분하기 힘드네만… 사망자가 유리창을 깨고 추락했다고 하지 않았나?"

"자창의 창연을 보시죠. 자세히 보면 절창과 구분이 가능하고 유리에 의한 것과도 구분이 됩니다. 특히 여기……."

왼쪽 가슴 옆이었다. 먼저 10㎝짜리 상처를 오므려 보였다.

그런 다음 5㎝짜리로 옮겨 갔다. 5㎝ 사이즈의 상처 창연을 맞대니 자창으로 볼 수 있는 그림이 되었다. 창연의 길이는 칼날의 폭이니 넓이 5㎝의 칼로 찌른 것이다. 무려 세 번이었다.

자창과 절창, 할창은 기본에 충실한 부검의라면 구분이 가능하다. 자창은 피부를 찌른 것이고 절창은 흉기로 누른 채 당긴 것이다. 할창은 피부를 찍은 것으로 보면 이해가 쉽다. 그러나 여러 손상이 섞여 나올 때는 어려울 수 있다. 지금 이런 경우가 그랬다.

"하지만 현장에서 발견된 칼은 과도였네. 폭이 2㎝밖에 되지 않아."

"칼을 바꿔놓았을 수도 있지요."

"……!"

"여기 이 10㎝ 손상이 바로 유리입니다. 몸을 날리는 순간 유리가 깨지면서 찔렸겠죠. 이것 때문에 현장감식자들이 현혹된 것 같습니다. 상처 안에서 나온 유리 조각입니다."

창하가 핀셋으로 투명한 비닐봉지를 집어 보였다. 피경철이 확대경을 들이댔다. 깨알만 하지만 유리 조각이 분명했다.

"이걸 어떻게 찾아냈나?"

"상처 부위를 식염수로 씻어내면서 사금을 찾듯이 찾았습니다."

"엄청나군. 하지만 그것만으로는 살인을 특정하기는 좀 약하네. 범인이 그 정도 머리를 쓴다면 칼로 찌른 건 화재가 나기 이전이라고 발뺌할 수도 있어."

"증거가 하나 더 있습니다."

"뭔가?"

"조금만 더 기다리시죠. 그래서 알리지 않았던 건데……."

창하의 시선은 시신 위에 있었다. 그 표정이 미치도록 담담하다. 정말이지 산전수전 다 겪은 노련한 검시관의 모습이 아닐 수 없었다. 엊그제 들어온 주제에 부검판을 장악하는 카리스마. 메스를 잡은 창하는 그렇지 않은 창하와 완전히 달라 보였다.

얼마나 지났을까?

창하의 목소리가 정적을 깼다.

"이제 뒤집어주세요. 골반이 박살 났으니 조심해서요."

지시가 나오자 두 어시스턴트가 시신을 뒤집었다.

"……!"

피경철이 소스라쳤다. 왼쪽 어깨에 찍힌 손자국이었다. 살아 있을 때 누군가 위력을 행사했다는 증거. 시신의 피를 다뺀 후에야 드러나는 것이니 그걸 보기 위해 시간을 보냈던 것이다.

"찍으세요."

창하가 말하자 카메라가 작동했다.

찰칵!

"범행에 쓰인 칼은 어딘가 숨겼습니다. 하지만 시신에 남긴 증거는 숨길 수 없지요. 상황을 들어보니 칼을 휘둘렀을 뿐 접촉은 없는 걸로 되어 있더군요. 아마 이 손자국이 남을 줄 몰랐겠죠. 칼부림 중에 불이 난 것을 알았고 달아나는 사망자를 쫓아가 창밖으로 밀어버린 겁니다."

팟!

미는 시늉과 함께 창하의 부검이 마감되었다.

과학적 팩트 폭격.

신들린 족집게가 따로 없으니 피경철의 입에서 단내가 날 정도였다. 세상에는 재능이라는 게 있다. 노력으로는 당해낼 수 없는 재능. 부검에도 재능이라는 게 있다면 그 증거가 바로 창하였다.

"선배님, 제가 이긴 거 같은데요?"

백 과장이 조용히 웃었다.

"진짜 마지막 테스트로 가야겠군."

피경철의 입가에서 웃음기가 가셨다.

제10장

—

과거의 봉인을 열다

"……!"

창하 시선이 굳었다. 식당 내실의 테이블 때문이었다. 테이블 위에서 보글보글 끓고 있는 요리…….

"들자고."

피경철이 식사를 권했다. 그가 쏘는 점심이었다. 옆에는 광배와 원빈도 동참이다. 피경철이 국자로 탕을 휘저어 듬뿍 퍼놓았다. 식사는 건더기가 푸짐한 '내장탕'이었다.

내장탕.

시신 복강의 내용물을 고스란히 꺼내놓은 듯한 비주얼…….

"어, 시원하다."

피경철의 목청과 동작이 커진다. 광배와 원빈도 국물을 들이켠다. 보란 듯이, 그 말이 딱이었다.

"왜? 국물이 죽여줘. 어서 먹어."

이번에는 내장 건더기를 올려주는 피경철.

"우엑!"

창하가 문을 박차고 나간다. 내장 기관이 폭발한 시신을 부검한 후에 내장탕이라니… 화장실에 도착하기도 전에 복도에다 오바이트를 부어놓는다.

피경철의 머리에 그리던 상황이었다.

하지만!

창하는 아니었다. 올려놓은 내장을 후추 섞은 소금에 찍더니 그대로 입안에 넣는다. 다음은 부추에 감아 맛을 즐긴다.

"후룩!"

국물도 잘 넘어간다. 피경철이 떠준 내장탕은 눈 깜짝할 사이에 비워졌다.

"더 먹어도 되겠습니까?"

창하가 물었다.

"아하하핫!"

피경철이 박장대소를 했다. 광배와 원빈도 따라 웃는다. 둘은 그 웃음의 의미를 알고 있었다.

"뭐가 잘못됐습니까?"

"잘못됐지. 그것도 크게."

"……?"

"신참 주제에 부검 마치고 내장탕에 끄떡없는 건 이 선생이 처음이야."

"그럼 저를 시험하시느라고?"

"국과수 검시관이라는 게 그래. 한 몇 년 버티면 남아주는데 처음 6개월을 못 버티고 가는 친구들이 수두룩하지. 그래서 내가 짜낸 필터링이야. 이거 버티면 대개 남아주더라고."

"그럼 저는 합격이군요?"

"그래. 검시관이라면 실력도 실력이지만 비위도 좋아야 하거든."

"혹시 다음 테스트가 선짓국 코스면 지금 같이 시켜주시죠."

"……."

"제가 너무 질러갔나요?"

창하가 머쓱한 표정을 지었다.

"두 사람, 먼저 들어가시겠나?"

피경철이 광배와 원빈을 내보냈다.

"부검 투입 말씀하시려는 거죠?"

창하가 선수를 쳤다. 국과수는 좁았다. 백 과장과 피경철의 논쟁은 이미 창하 귀에 들어와 있었다. 정원의 반밖에 되지 않는 검시관들. 그러나 부검은 날로 증가세였으니 칼잡이 하나가 아쉬운 마당이었다.

"들었나?"

"예······."

"조금이라도 부담 되면 거절하시게. 부검은 때로 복잡한 이해관계를 형성하기도 하네. 실력도 중요하지만 경험도 중요해."

"이를테면 융통성 같은 거 말입니까?"

"알아?"

"지원을 결심하고 나서 공부를 좀 했습니다. 부검에도 다양한 이해관계가 따르더군요. 가해자와 피해자가 뒤집힐 수도 있고 보험금 문제도 있고··· 때로는 정치적인 것도."

"그렇기 때문에 다양한 사례를 보고 익히는 게 중요하네. 자칫하면 크게 다치는 수가 있어. 그러니 백 과장의 요청이 있더라도 거절하시게. 이 선생 실력은 백번 인정하지만 적어도 3개월은 단독 부검 안 돼."

"실은 그 제안은 제가 과장님께 드린 겁니다만."

"이 선생이?"

피경철이 파뜩 고개를 들었다.

"선생님 말씀은 백번 이해합니다. 후배를 챙겨주시는 마음도 고맙고요. 하지만 저도 전문의입니다. 미국의 ME 과정이라면야 2년간의 실습이 필요하겠지만 한국 아닙니까? 검시관이 정원의 반밖에 없는 국과수고요."

"이 선생."

"병원에 있을 때 저희 과장님이 그러셨습니다. 실전만큼 중요한 공부는 없다고. 기왕 들어온 것 저도 여러 선생님들의 짐을 덜어드리고 싶습니다."

"이 선생."

"선생님께 먼저 허락을 구한다는 게 순서가 틀렸습니다. 아침에 주차장에서 과장님을 뵈면서 던진 말인데 전격 반응을 하시길래 말씀드렸습니다. 언제든 선생님이 허락해 주시면 명령을 받겠다고요."

"……."

"허락해 주시겠습니까?"

"이 선생……."

"부검은 경험이 중요하다는 거 알고 있습니다. 그게 우려가 되면 앞으로 1년간은 모든 부검에 대해 선생님의 확인 사인을 받겠습니다."

"내 말은 그런 뜻이 아닐세."

"저도 매 휴일마다 나오시는 선생님의 일손을 좀 덜어드리고 싶습니다. 휴일뿐만 아니라 지난 4년 동안 휴가 한 번 안 가셨더군요."

"누가 그런 쓸데없는 소리까지?"

"부탁합니다. 신참에 불과하지만 작은 기여라도 하게 해주십시오."

창하가 고개를 숙였다. 그 태도에 신념이 가득하니 피경철도 막지 못했다. 두 딸을 미국으로 유학 보내고 기러기 아빠로 사는 피경철. 가정을 꾸리고 사는 다른 검시관들을 위해 휴가철마다 양보를 했다. 그것까지 짚고 나서는 기특한 후배를 더 말릴 수 없는 것이다.

"할 수 없지. 내장탕까지 호로록거리는 후배님이니……."

"감사합니다."

"대신 조금이라도 힘들거나 곤란한 경우가 생기면 바로 말하게. 다시 말하지만 부검은 때로 부검 이상의 결과를 초래하는 일도 허다하니까."

"명심하겠습니다."

"자네 명의로 한 1호 부검 축하하네."

피경철이 손을 내밀었다. 부검실 안에서는 악수하지 않는다. 그러나 여기는 부검실이 아니니 기꺼이 손을 잡았다.

"기왕이면 1호 조언도 해주시겠습니까?"

"1호 조언? 아까 하지 못한 말이 있었나?"

"이걸 좀 봐주시죠."

창하가 사진 한 장을 내밀었다. 사체의 어깨와 등으로 이어지는 두 개의 손자국. 조금 전의 케이스와 비슷하지만 그건 창하 아버지의 것이었다.

"술에 취한 사람이 2층 계단에서 굴렀다고 합니다. 머리 뒤에 약간의 타박상, 늑골 세 개 골절에 뇌조직의 출혈 소견이 있어 '사고사'로 결론이 났다더군요. 그런데 장례식장에서 수의를 입히기 위해 사체를 돌리다 이런 게 나왔습니다. 부검 때는 없었던 것… 그래도 사고사일까요?"

"살았을 때 밀었군. 그 정도 강도의 흔적이라면 살인의 의도가 높은 그림이야."

피경철이 소견을 밝혔다. 몰라서 물은 건 아니지만 지지를 받으니 확신이 더해진다. 창하의 심장은 소리 없이 달아올랐다.

*   *   *

"고맙네. 동시에 미안하기도 하고."
과장실에서 백 과장이 창하 어깨를 짚었다.
"괜찮습니다."
"그래."
"부검은 내일부터 배정해 주겠네."
"아닙니다. 기왕 시작한 거 오후에도 배정해 주십시오."
"당장?"
"오전에 이미 테이프 끊은 것 아닙니까?"
"좋아. 그럼 가장 쉬워 보이는 걸로 한 건 배정해 주지."
"어려운 건도 괜찮습니다."
"열정은 알겠지만 내 입장도 좀 고려해 주게. 다른 사람들이 보면 비난의 소지가 될 수 있어."

"알겠습니다."

과장 오더를 받아들였다. 이해가 가는 말이었다.

"어시스턴트는 어떻게 할까? 아직 국과수 시스템에 대해 익숙하지 않을 테니 노련한 천 선생을 주로 붙여줄까 하는데?"

"우 선생님도 같이 부탁드립니다."

"아, 우원빈 선생… 그것도 좋겠군. 젊은 피와 노련한 경험의 매칭."

"……."

"받으시게."

백 과장이 출입 카드 한 장을 내밀었다.

"부검 정보관리실 NFIS의 출입 자격일세. 정식으로 부검이 배정되어야만 나오는 건데 사실, 이게 있어야 진정한 국과수 부검의가 되는 것이지."

"예."

인사를 하고 복도로 나왔다.

"……."

손에 든 출입 카드를 바라보았다. 대한민국 건국 이래, 수도권에서 생긴 사건의 부검 기록을 망라한 정보관리실. 창하가 단독 부검을 서두른 이유 중의 하나였다. 방성욱의 경험치는 엄청났다. 검시의 나라 미국과 영국에서도 독보적이던 실력. 그러니 따로 배울 것도 없었다.

거기에 더한 아버지의 주검…….

'할머니…….'

그리운 이름 하나가 심장을 베고 갔다. 할머니의 부검 요청은 신의 한 수였다. 그때 만약 부검을 고집하지 않고 화장을 했더라면 아버지의 등에 남은 손바닥 자국은 보지 못했을 수도 있었다. 부검을 했기에 흔적이 남은 것이다. 창하는 그게 필요했다. 고등학생의 눈에 비친 의혹. 방성욱의 말처럼, 이제는 그걸 풀 능력이 되었다.

"천 선생님, 우 선생님."

어시스트 연구원들의 방부터 들렀다. 부검은 혼자 하는 게 아니다. 이들의 도움과 시너지를 발휘할 때 더 빠르고 정확한 결과를 얻을 수 있었다.

"방금 과장님 전화받았습니다."

광배가 반색을 했다.

"이제 단독 집도하신다고요?"

원빈도 반가운 표정이다. 첫날, 신참이라며 깔보던 눈빛은 어디에도 엿보이지 않았다.

"앞으로 신세 많이 지게 생겼습니다. 잘 부탁합니다."

창하가 깍듯이 인사를 챙겼다.

"아이고, 우리가 드릴 말씀이죠. 국과수 최단기 단독 부검 따내신 실력파신데……."

광배가 자리를 내주었다.

"그러고 보니 천 선생님과 인연이네요?"

"그러네요. 기묘한데요?"

"국과수 20년 베테랑으로 당부하실 말씀 없으십니까?"

"전혀요. 우리 우 선생은 모르지만 제가 방 과장님 부검을 보조했지 않습니까? 가끔씩 놀랍니다. 그 과장님 포스가 배어 있어서… 부검 전에 불 끄고 시작하는 것부터……."

"그분도 그러셨나요?"

"그랬죠. 처음에 선생님이 불을 끌 때는 몰랐었는데 두 번째는 깜짝 놀랐습니다. 어둠 속에 선 선생님 모습이 방 과장님과 흡사하게 보이더라니까요."

"그런 실력자가 되면 좋겠군요."

"되실 겁니다. 나이도 어리시니 빅 스타가 되어서 검시관과 부검에 대한 인식 좀 확 바꿔주십시오. 우리 소예나 선생님이 분투하지만 아직 약하거든요."

"아, 소 선생님이 특별한 일을 한다고는 들었는데 어떤 일이죠?"

"법의탐적학이라고… 책 오톱시라더군요. 명화나 역사적 주검의 사인에 대해 밝히는……."

"굉장한데요?"

"남편도 굉장하시죠. 대검 부장검사님이시거든요."

"그렇군요."

"그럼 부검복 입고 나오십시오. 먼저 가서 준비해 놓고 있겠습니다."

광배가 일어섰다. 그는 일의 선후를 아는 사람이었다.

공식 단독 부검 1호.

모든 게 그렇듯 의미가 새로웠다. 국과수에 공식으로 올라가는 첫 단독 부검인 것이다. 형사가 기다리는 대기실 앞에서 깍지를 끼고 심호흡을 했다.

'기왕 시작한 거 세계 최고의 검시관이 되는 거다. 해부병리의 자리 포기한 거 따위 비교도 되지 않는.'

강력한 자기최면을 걸고 문을 열었다.

"……?"

창하가 걸음을 멈췄다. 안에 있는 사람은 둘이었다. 사건 담당 형사와 또 한 사람의 경찰서 고위 간부…….

"혹시 창하?"

접이의자에 앉아 있던 간부가 미간을 구기며 일어섰다. 그였다. 아버지의 친구이자 사고 당시 형사 팀장이었던 나동광 경찰서장…….

아버지의 주검을 추적하려는 마당에 만나는 사건 당시의 담당 팀장. 참으로 기묘한 구도가 아닐 수 없었다.

*　　　　*　　　　*

"창하 맞지? 병국이 둘째?"

"나 형사님?"

창하가 시선을 맞췄다. 나동광은 창하가 어릴 때부터 종종 집에 들렀다. 그때는 형사였기에 그대로 호칭이 되었던 것.

"지금은 서장님이십니다."

옆에 있던 형사가 충성심을 작렬시켰다.

"의대 갔다더니 여기로 온 거야?"

묻는 표정에 동정심이 서린다. 악수를 청하는 손 또한 불편하다. 유난히 두툼한 살집 때문이었다. 이래저래 묘한 반감이 피어올랐다.

"이번 공채로 들어왔습니다."

"그래?"

"비교적 간단한 사건이라고 들었는데 서장님이 직접 오신 겁니까?"

일단 착석을 했다. 아버지의 친구라지만 그렇게 좋아하던 편은 아니었다.

"이게 말이야, 전직 조폭 놈인데 상처가 예사롭지 않아서 말이지."

"상처요?"

"그 미궁 살인 있잖나? 혹시나 그놈 소행인가 싶어서……."

"서장님이 설명하실 겁니까?"

"박 형사, 개요 말씀드려."

나동광이 뒤로 빠졌다.

"58세, 퇴역 조폭 맞습니다. 조직에서 밀려난 후에 일정한 주거도 없이 떠돌며 술을 빨아 알코올중독이고 잊을 만하면 주취 폭력으로 들어와 골을 썩이더니 어젯밤 지하 술집으로 이어지는 계단참에서 바짝 웅크려 숨진 채 발견되었습니다. 현장 사진입니다."

형사가 사진을 내밀었다. 계단은 평범했다. 사진만으로는 계단에서 구른 건지, 쌀쌀한 날씨를 피해 웅크리고 자다 죽은 건지 알 수 없었다.

"팩트는 가슴의 상처라네."

나동광이 끼어들었다. 나이 탓인지 승진 탓인지 그는 조바심마저 엿보이고 있었다.

"일단 시신을 보죠."

창하가 일어섰다.

"준비 끝났습니다."

부검실의 광배와 원빈이 창하를 맞았다. 원빈의 위치는 스위치 앞이다. 창하의 루틴을 꿰고 있는 것이다.

딸깍!

창하가 돌아보자 원빈이 불을 내렸다.

"어, 이거 왜 이래?"

나동광의 목소리가 튀었다. 불 꺼진 부검실. 형사 팀장을 거친 경찰관이라고 해서 기분이 좋을 리 없었다.

"죄송합니다. 정숙해 주십시오."

광배가 슬쩍 제동을 걸었다.

딸각!

다시 불이 들어왔다.

"부검 시작합니다."

창하가 부검 개시를 선언했다.

어둠 속에서 시신의 형체를 조망하던 창하, 불이 들어오자 적나라한 풍광이 드러났다. 가슴부터 시작된 초대형 문신과 거시기의 피어싱이었다.

"이야, 내가 조폭 많이 봤지만 살다 살다 이런 피어싱은 처음이네요. 이건 아예 소코뚜레잖아요? 아니, 고추를 뚫었으니 조뚜레인가?"

형사가 눈살을 찡그렸다.

"뭐가 됐든 시신입니다."

주의를 환기시킨 창하가 외표 검사를 시작했다.

"어때? 그 미궁 살인마가 미수에 그친 상처 아니야?"

나동광의 관심은 오직 횡경막 아래의 상흔이었다.

창하는 답하지 않았다. 나동광과 상관없이 부검 술식에 충실하는 것이다. 외표를 보고 머리카락을 들추고, 코와 입, 귀의 구멍들… 그리고 손샅과 발샅들… 나동광은 더 이상 재촉하지 못하고 조바심만 태웠다.

'역시 포스가 달라.'

광배 입꼬리가 슬며시 올라갔다. 나동광은 경찰서장이다. 계급으로 치면 총경. 기껏해야 경위쯤 되는 형사들와는 체급이 다른 것이다.

국과수가 책임운영기관의 지위가 되었다지만 그렇다고 완전한 독립을 이룬 건 아니었다. 과거에는 감독 지원기관이었던 경찰청. 아직도 경유 기관의 지위를 유지하고 있다. 게다가 국과수에 의뢰하는 절대다수의 부검은 경찰의 의뢰였다. 초동수사도 그들이 하고 초동 현장 검시 업무도 경찰이 도맡는다. 권력기관이라는 위상도 그렇지만 그 입김을 좌시할 수 없는 입장이었으니 미국의 검시관 ME들과는 형편이 달랐다.

그런데…….

창하는 경찰서장을 의식하지 않고 있다. 서장이 입회하는 부검도 드물지만 일단 들어오면 백 과장이라고 해도 깔볼 수 없는 게 총경급들이었다. 의대 나오고 군의관에 전공의까지 마친 창하가 그런 눈치가 없을까? 그럼에도 초연하니 광배와 원빈은 속이 시원할 지경이었다.

"횡경막 근처의 상처는 자해로 생긴 절창입니다. 일본 야쿠자들 자료 보면 많이 나옵니다. 그리고 이 피어싱……."

이번에는 형사를 보며 설명을 이어가는 창하.

"프린스 알버트라고 유명한 피어싱입니다. 영국에서 승마를 즐기던 사람들이 많이 쓰던 방식인데 성기가 한쪽으로 깔끔하게 쏠려야 승마복 핏이 좋다고 도입된 겁니다. 성기에 구멍을 뚫어서 바지 안쪽에 거는 방식인데 미국 사람들도 더러 선호하죠."

"그러니까 미궁 살인 미수는 아니라는 건가?"

나동광이 끼어들었다.

"아닙니다."

"확실해?"

"자해혼 맞습니다."

"아휴. 다행이군. 난 또 내 관내에서 미궁 살인사건이 났나 하고 식겁을 했네."

나동광의 안도와는 상관없이 창하는, 시신의 안면과 눈의 흰자위를 살피고 있었다. 흰자위에는 확대경도 들이댔다.

"흰자위에 출혈 확인."

찰칵!

창하의 말에 따라 카메라가 움직였다.

다음으로 메스를 뽑았다. 나동광과 형사가 긴장하는 사이에 Y자 절개가 끝났다. 소화되다 만 알코올 냄새가 격렬하게 후각을 찔렀다. 사망자는 만취 상태였다. 이 정도라면 헤라클레스라고 해도 별수 없을 정도의 음주량이었다.

이제 뇌가 열렸다. 그 수고는 원빈이 해주었다. 그의 전동톱질도 광배에 못지않았다.

"뇌는 이상이 없네요. 사인은 질식사입니다."

부검을 종료한 창하가 결론을 내놓았다.

"질식사라고요?"

형사가 고개를 들었다.

"알코올 중독자들은 보통 사람들과 다른 경로의 부상으로 사망하는 경우가 많습니다. 일반인에 비해 다치기 쉬운 데다 만취로 기억하지 못할 가능성이 높기 때문이죠. 계단에서 굴렀을 가능성도 있어 뇌 충격과 급성알코올중독을 함께 추적해 보았는데 결론은 질식입니다. 여기 흰자위에 남은 점상출혈이 증거입니다. 목이 지나치게 꺾이면 흰자위의 혈관이 터지거든요."

"만취로 배회하다 추워서 바짝 웅크린 채 의식을 잃는 바람에 기도가 막혀 죽었다?"

나동광이 시나리오를 입혀놓았다. 젊은 날 형사 생활을 했고 부검에도 참여했던 경력 때문이었다.

"그럼 자연사로 가자고."

그리고, 그때의 적폐 또한 아직도 간직하고 있었다.

옛날하고도 옛날, 당시의 검시에는 경찰의 의지가 반영되는 경우가 많았다.

"살인은 아닌 것 같은데요? 목격자들 진술도 그렇고……."

현장을 다녀온 경찰이 말하면 시신 검안의들은 그 말을 반영했다. 경찰은 사건이 복잡해지는 걸 원치 않았고 검안의들 역시 그렇게 하는 게 편하기 때문이었다.

그때의 습관이 무심코 나온 것이다. 동시에 그의 성향을 엿볼 수 있었다. 제대로 된 형사였다면 그렇게 일하지는 않았을 테니까.

"사고사입니다."

창하는 휘둘리지 않았다. 그런 다음 시신을 봉합하고 거기서 분리한 피어싱을 형사에게 건네주었다.

"이, 이걸 어쩌라고요?"

형사가 황당한 표정을 지었다.

"시신 몸에서 나온 물건 아닙니까? 시계든 반지든 귀고리든… 가족에게 돌려주는 게 원칙 아닌가요?"

"하지만 조뚜레까지는……."

"어쨌든 유품이니까요. 부검 종료합니다."

창하가 마무리를 선언했다.

"이창하, 나 먼저 가야겠다. 내가 요즘 바빠서 말이지. 언제 형이랑 한 번 놀러 와라. 아, 형은 회계사 땄고?"

부검실을 나오자 나동광이 말했다.

"땄죠."

"병국이가 그래도 자식들은 제대로 키웠군. 간다."

악수와 함께 멀어지는 나동광.

"우리 서장님 곧 청와대 입성하실 겁니다. 그래서 저렇게 노심초사지 뭡니까?"

의미심장한 한마디를 남긴 형사도 그 뒤를 따른다. 부검이 끝난 시신 역시 그들과 함께 돌아갔다. 나동광을 만난 건 큰 의미가 없었다. 아버지가 죽은 후로 발길을 끊은 사람. 경찰 특유의 거드름 때문인지 오랜만에 만났음에도 비호감일 뿐이었다.

"수고하셨습니다."

광배와 원빈이 합창을 해왔다. 늘 애써주는 둘을 보니 마음이 풀렸다.

"저, 이제 부검 정보관리실에 들어가도 되는 겁니까?"

창하가 물었다.

"출입 카드 받으셨습니까?"

"예. 여기……"

"그럼 가능합니다. 궁금하면 들어가 보세요. 어디 있는지는 저번에 보셨죠?"

"예, 그럼 마무리 부탁합니다."

샘플 검사 의뢰와 청소 등을 맡기고 걸었다.

아버지의 부검 기록에 접근할 수 있는 날. 묘하게 그 부검을 진행한 나동광을 만났다. 지하의 아버지가 확인해 달라는 신호처럼 느껴졌다.

[출입 인증 완료]

부검 정보자료실, 출입 카드를 대자 시간 체크와 함께 문이 열렸다. 안에 있던 자료 관리 직원 배한나가 창하를 맞았다.

"새로 오신 선생님이시군요? 자료 찾으러 오셨나요?"

"자료실이 어떤 곳인지 겸사겸사 왔습니다."

"보시는 대로예요. 원주 본원보다는 못하지만 서울과 인근 지역의 부검 기록은 다 갖춰져 있습니다. 컴퓨터에서 검색을 하셔도 되고 자료 칸에서 직접 찾으셔도 됩니다. 분류는 도서 관처럼 번호별, 연도별, 이름별, 사건별 등의 십진분류법으로 되어 있습니다."

"대출도 되나요?"

"반출은 안 되지만 카피는 됩니다. 간단한 자료는 저쪽 테 이블에서 보셔도 되고요."

"고맙습니다."

일단 구경부터 했다. 자료는 방대했다. 최근 5년 동안의 사 체 부검만 3만 건 이상. 건국 이래의 자료가 쌓였으니 참고 자 료로 손색이 없었다.

[1997년 이병국]

아버지의 자료를 찾기 시작했다.

이병강, 이병기, 이병구…….

그리고…….

'……!'

다음으로 나온 이름 앞에서 창하 시선이 멈췄다. '이병국'이었다. 두 명이었다.

"……!"

여기서 한 번 더 소스라쳤다. 두 이병국은 창하의 아버지가 아니었다.

'기록이 없어?'

편측안면경련증이라도 걸린 듯 얼굴 근육 전체가 떨렸다.

"저기요, 서울에서 실시된 부검 기록은 전부 여기 있는 거 맞나요?"

배한나에게 물었다.

"네, 특별한 경우를 제외하고는 전부 보관 중입니다."

"특별하다는 건 어떤 경우인가요?"

"대표적으로 정치적인 경우예요. 전에는 왜 권력의 서슬이 푸르니 그쪽에서 없던 일로 하라는 경우가 있었다네요. 그다음은 방대한 기록을 다루다 보니 더러 누락이 있을 수 있어요."

'기록 누락?'

"찾는 게 있으세요?"

"이병국이라고 1997년에 부검한 사고사입니다."

"잠깐만요."

그녀가 자료를 검색했다. 그러나 창하가 찾은 이병국의 그것과 다르지 않았다. 창하 눈빛이 흐려졌다.

"혹시 어디서 부검한 건지 아세요?"

"어디서요?"

"지역 검시관들이 대학병원에서 부검한 자료는 따로 관리가 되거든요."

"아!"

창하가 답하자 배한나의 손이 다시 자판 위를 날았다.

"있네요. 1997. 이병국. 대한대학병원. 사고사."

배한나가 고개를 들었다. 창하에게 희망이 되는 말이었다.

작은 칸에 따로 분류된 기타 자료들. 여섯 번째 칸에서 이병국의 자료를 찾았다. 그걸 뽑아 넘기는 창하의 손이 파르르 떨렸다.

「부검의 엄상탁, 참관인 나동광 조갑순」

나동광에 이어 할머니의 이름까지……

아버지의 기록이 틀림없었다.

제11장

—

살인 현장을 지배하다

「두개강 내 출혈 사망」

사인, 창하 눈에 꽂혔다.
부검 때 머리를 열었다는 뜻이었다.

「후두부 타박상, 늑골 세 개 골절」

두 개의 코멘트가 더 있었다. 할머니에게 흘려들었던 내용
이었다. 별건 아니라고 했었다. 창하를 안심시키려고 대충 말
한 모양이었다. 부검 사진을 찾았다. 보이지 않았다.

"사진요?"

창하가 묻자 한나가 고개를 들었다.

"같이 있지 않으면 누락된 거예요. 과거에는 수사기관에서 가져가서 돌려주지 않은 것들도 많고요."

"⋯⋯."

―과거에는 좀 엉망이었어요.

한나의 말속에 들어 있는 팩트였다. 별수 없이 부검 내용에 의존하는 수밖에 없었다.

「목에 작은 상흔」

「등에 약간의 발적 흔적」

부검 소견서의 참고 칸에 적힌 두 코멘트였다.

목의 상흔.

창하 눈이 번쩍 떠졌다. 서류를 넘겨보지만 더 이상의 코멘트는 없었다. 부검의가 목을 부검하지 않았든지 부검한 후에 기록하지 않았다는 뜻이었다.

둘 다 문제가 있는 부검이었다.

「부검의 엄상탁」

부검 기록을 핸드폰에 담았다.

"죄송합니다. 저는 검시관 선생님들이나 촉탁 검시관 선생님들에 대해 잘 모릅니다."

연락처를 묻는 데 대한 한나의 답이었다.

실망이다.

두 번째로 방성욱의 기록을 뒤졌다. 그의 기록은 이 안에 없었다. 부검을 하지 않은 모양이었다. 복사한 기록을 보며 복도의 코너를 돌았다. 그러다 통화하던 사람과 부딪치고 말았다.

"뭡니까?"

그녀가 각을 세웠다. 경찰청 과학수사 팀장 차채린이다. 시원한 이목구비 때문인지 눈이 휜해진다. 벌써 몇 번째 보는 얼굴. 오늘도 미궁 살인 때문에 달려온 모양이었다.

"미안합니다."

실수한 건 창하였으니 쿨하게 사과를 했다.

"아, 진짜……."

그녀는 눈알을 부라리며 돌아섰다. 시원한 미모지만 성깔 탱탱한 엘리트 경찰, 차채린과의 첫 공식 대면이었다.

다행히 고참 어시스턴트 광배가 엄상탁을 알고 있었다.

"나 들어오고 몇 년 있다가 대학교수로 옮겨 간 분인데요?"

"지금도 부검을 하고 있습니까?"

"아뇨, 이제는 고령에 건강도 좋지 않아 쉬고 있다고 들었어요. 그런데 그분을 왜?"

"그냥요. 혹시 그분 평판도 알 수 있을까요?"

"제가 알기로는 해바라기예요."

"해바라기?"

"정치적인 칼잡이였죠. 위에는 약하고 아래로는 야박한… 저도 초임 때 그분 부검 여러 번 보조했는데 어시스턴트는 사람 취급도 안 했죠."

"그래요?"

"뭐 오래전에는 그런 분위기가 많았어요. 의사 출신에다 직급도 높으니……."

"부검 실력은 괜찮았나요?"

"그저 그랬어요. 이 선생님은 나이가 많지 않으니 잘 모르겠지만 직장이라는 게 그래요. 실력 좋은 사람들은 대개 자기 업에 충실하고 그저 그런 사람들은 정치로 만회하는 성향이 강하죠. 아이러니하게도 우리 사회는 그런 사람들의 승진이 빠르고요."

"……."

"아무튼 그 양반도 그런 쪽이었습니다. 엄상탁 선생, 송대방 선생, 공한규 선생… 정치적인 부검 등을 자청하면서 정권의 입맛을 맞췄고 덕분에 정년이 되기 전에 대학교수로 나갈 수 있었죠. 경찰 쪽에도 마당발에⋯ 소위 말하는 사바사바의 달인이었어요."

"그럼 부검에 대한 문제는요? 발생하지 않았나요?"

"아휴, 그때만 해도 부검이 부검이었나요? 국민들 인식도 굉장히 부정적이었고 덕분에 부분 부검도 많이 했습니다. 현장 관리, 시신 관리, 경찰의 인식⋯ 다 엉망이었으니 부검을 하고도 사인을 밝히지 못한 경우가 허다했었습니다."

"그렇군요."

"혹시 연락처는?"

"그건 검시관 선생님들께 물어보세요. 퇴역 현역 모임이 있거든요. 거기 나가시는 분이라면 전화번호와 주소가 있을 겁니다."

"그럼 방성욱 선생님 말입니다. 그분 시신은 부검하지 않았나요?"

"그냥 화장한 걸로 아는 데요?"

"에볼라 감염이라고 들었는데⋯⋯."

"맞아요. 당시 부검 업무 중에 감염된 것 같았는데 에볼라가 워낙 위험한 데다 가족도 없는 분이라서 화장하는 걸로 가닥을 잡았습니다."

"가족이 없다면서 누가 결정을 했나요?"

"검시관 선생님들 회의에서 그렇게 한 걸로 알고 있습니다. 화장한 유해는 산에 뿌렸고요."

"에볼라는 방 선생님만 걸렸나요?"

"아뇨. 같이 들어간 어시스턴트도 감염되어서 비슷한 시기에 사망했습니다. 원래는 저도 들어갈 자리였는데 몸살이 나는 바람에 방 과장님이 쉬라고 하셔서… 어찌 보면 그분이 제 생명의 은인이지요."

"예……"

"……"

"하지만 이상하군요. 미국에서도 날리던 분이 어째서 감염되었을까요? 그 정도 실력이라면 사안에 따라 상당히 조심을 했을 것 같은데……"

"운발이겠죠. 에볼라에 감염된 줄 모르는 변사체라도 오면… 하필 그걸 부검하게 되면… 마찬가지로 결핵에 걸려 고생한 선생님들도 한둘이 아니거든요."

"운발……"

그 말에 방성욱의 목소리가 겹쳐졌다.

"내 사인도 좀 밝혀주길 바란다."

창하가 고개를 저었다. 운발이었다면 영혼이 된 방성욱이 미련을 가질 리 없었다. 어쩌면 운발을 가장한 일일 수 있었다. 방성욱은 당시 신설될 국과수 원장 물망에 올랐던 사람. 그렇다면 원장직을 다투는 경쟁자나 그를 미는 측근의 소행

일 가능성이 높았다.

천광배.

부검 어시스트를 천직으로 아는 우직한 사람. 이제야 이해가 갔다. 그가 왜 방성욱에 대해 호의적인지.

긴장은 살짝 풀어버렸다.

하지만 아직은, 방성욱의 일까지 탐색할 때가 아니었다.

"그나저나 천 선생님."

"예."

"혹시 컴퓨터 분석실 직원들과도 잘 통하십니까?"

"뭐 알아보실 거라도 있나요?"

"이거 말입니다."

창하가 아버지 등을 찍은 사진을 열어놓았다.

"시신이군요?"

"예. 혹시 이 등에 새겨진 손바닥 모양을 기초로 해서 손 모형을 좀 만들 수 있을까 해서요."

"거긴 우 선생이 잘 통하죠. 우 선생에게 맡기겠습니다."

"그럼 부탁 좀 드립니다. 제가 꼭 필요해서요. 그리고 여기 체크 부분이 어떤 물체인지 좀 확인도 해주시고요."

체크 부분은 왼손 약지 쪽이었다.

"알겠습니다. 하지만 정식 의뢰가 아니니 조금 걸릴지도 모릅니다."

"괜찮습니다."

창하가 답했다. 10년도 넘게 묵어온 일. 며칠이 중요한 건
아니었다. 그사이에 창하는 아버지와 연관된 사람들 이름을
추렸다.

「진기수」
「남한봉」
「서승예」
「조갑순」

리스트에 오른 사람은 모두 넷이었다. 진기수와 남한봉은
아버지와 사업 관계에 있던 사람들이었다. 할머니가 죽기 전
한 말이 있었다. 그들이 아버지에게 신세를 진 것 같은데 시치
미를 뗀다는 것이었다.

이모 서승예 역시 이모부 일로 아버지에게 약간의 도움을
받은 적이 있었다. 할머니 조갑순도 그런 맥락이었다. 아버지
와 연관된 사람은 일단 다 올려 버리는 것이다.

'그렇게 치면 나동광 팀장님도……'

생각이 거기까지 미치자 고개를 저었다. 나름 아버지의 절
친에 수사 담당자였던 사람까지 넣는 건 오버인 것 같았다.

심정적으로 줄을 세우니 남한봉, 진기수, 서승예, 조갑순의
그림이 되었다.

"선생님, 우 선생이 그러는데 가능한 빨리 의료용 실리콘으

로 모형을 만들어주겠다고 한답니다."

잠시 후에 돌아온 광배가 희소식을 전해주었다.

고무적이다.

리스트에 올라온 사람들의 손 모양을 점검하면 아버지 사건에 열쇠가 될 일이었다.

「국과수는 경찰이나 검찰 등 수사기관이나 지방자치단체의 요청에 따라서만 검사나 증거 분석을 할 수 있다.」

부검 보고서를 완료하고 국과수 업무 영역에 대한 공부를 할 때였다. 갑자기 복도가 소란스러워지더니 길관민이 들어왔다.

"선배님."

창하가 일어섰다.

"단독 부검 맡기로 했다며?"

낡은 소파에 앉으며 그가 물었다.

"아무래도 실전이 최고의 공부 같아서……."

"대충 해라. 여기서 열정 불태운다고 누가 알아줄 것도 아니고……."

표정이 심드렁하다. 부검 배정 때문이었다. 길관민은 오전에 경찰과학수사대 강의를 하고 나왔다. 그런데 오후에 배정된 부검이 한 건에서 두 건으로 늘어난 것이다. 부검이라는 게 그랬다. 국과수 부검의들 사정 봐주면서 발생하지 않았다.

"아, 씨… 병원에서 욱하는 성격 참았어야 했는데……."

"……."

"너도 잘 생각해라. 여기서 본전 뽑으려면 부이사관, 즉 부장 정도는 꿰차야 하는데 그러자면 간 쓸개 다 빼고 살아야 하거든."

"……."

"다른 곳에 자리 있으면 일찌감치 그만두는 것도 괜찮고. 2~3년 지나면 사표 내고 싶어도 어렵다."

"왜죠?"

"검시관들이 사표 낸다고 하면 원장님이 쫓아와서 말리거든."

"……."

"피 선생님 봐라. 온갖 외압 다 뿌리친 결과가 30여 년 동안 과장 한 번 못 달고 퇴직 임박이다. 이건 뭐 연봉이 많나, 칼퇴근을 하나? 선배들은 옛날 지하실 시절보다 낫다고 하는데 그거야 선배들 입장이고."

"그래서 저 사표 내고 나가라고요?"

창하가 웃었다.

"어차피 나갈 거면 빨리 가라는 거야. 어중간해지면 나가기도 힘들거든. 교수로는 짬이 부족하고 해부병리의로 가려니 부검만 하던 차라 경력 단절이고……."

"그럼 높은 사람 되면 되죠 뭐."

"뭐?"

"원장 정도 되면 괜찮나요? 1급 공무원이던데."

"야, 이창하."

"영국에는 법과학공사라는 게 있더라고요? 굉장한 규모에 대우도 좋던데 선배랑 나랑 합작으로 차리면 어때요?"

"너……."

"그보다 선배님 검시관 모임 나가시면 전화번호 하나만 따 주시겠어요?"

"무슨 전화번호?"

"엄상탁이라고… 오래전에 검시관 하시다 교수로 옮겨 가신 분인데……."

"왜? 교수 코스 노하우 전수받게?"

"그냥요. 전에 강의 중에 그분 부검 술식에 대해 들은 게 생각나서요."

대충 둘러댔다. 그때 관민의 전화기가 울렸다.

"예? 권 선생님이 나가기로 한 합동 조사에 제가 나가라고요?"

백 과장이었다. 통화는 짧게 끊겼다.

"아, 씨… 누구 잡으려고 그러나? 그깟 국무총리가 오면 왔지."

관민이 핏대를 세웠다.

"총리가 오십니까?"

"그래, 남은 바빠 죽겠는데 허구한 날 관계 기관 대책 회의에 긴급회의, 높으신 양반들 영접… 그 덕에 졸때기 부검의만 죽어나는구나. 그런다고 미궁 살인범이 두 손 들고 자수할까?"

"……."

"아, 씨바… 권 선생 부검 현장 합동 조사면 그 건인 모양인데… 이건 뭐 가슴에 상처만 난 사건이면 다 미궁 살인으로 엮어대니……."

"……."

"아, 너 오후에 부검 없지?"

"그런 걸로 알고 있는데요?"

"아까 말한 내가 전화번호는 따줄 테니까 나 좀 도와줘라."

"부검 한 건 맡아드릴까요?"

"아니, 현장 합동 조사."

"예?"

"내가 대충 들었는데 초등학교 동창 세 사람이 치정에 얽혀서 일어난 살인사건이야. 둘은 죽고 하나가 살았는데 생존자가 범행을 부인하고 있거든. 하지만 죽은 인간 하나가 가슴 가까운 곳을 찔렸어. 그래서 경찰청에서 그냥 넘기지 못하고 합동 조사 공문 온 거니까 가서 대충 사진이나 좀 찍어 와. 그럼 내가 권 선생에게 넘길 테니까."

"그래도 됩니까?"

"아니면? 경찰청장이 나대니까 우리 끼워 넣어서 면피하거나 단서라도 잡아보려는 거니까 사진만."

"그러죠."

창하가 답했다. 창하에게는 현장 조사 1호가 되는 사건이었다.

'현장은 어떨까?'

싫지 않았다. 이 또한 방성욱의 경험치에 포함된 일. 신분증을 챙겨 중앙 경찰서로 향했다.

사건 담당 팀장과 간단한 인사를 하고 합동 현장 조사에 대한 설명을 들었다. 그런 다음 경찰차에 올랐다. 팀장과 강력팀 형사, 과학수사 팀 수사관과 프로파일러, 그리고 용의자로 조사를 받고 있는 기영수가 동승을 했다.

가는 내내 창하는 현장 사진 분석에 집중했다.

"……!"

경찰 수사 팀과 함께 사건 현장에 들어선 창하가 걸음을 멈췄다. 폴리스 라인 안쪽의 사건 현장. 낭자한 혈흔 수천 개가 창하를 맞이한 것이다.

'BPA…….'

혈흔 형태 분석(Blood Pattern Analysis)의 경험치가 해마 속에서 깨어나기 시작했다.

"들어오시죠."

팀장이 폴리스 라인을 넘으며 말했다.

"잠깐만요."

창하 목소리가 그 걸음을 세웠다.

"제가 먼저 좀 들어가서 보겠습니다."

"예?"

"현장을 먼저 보겠다고요."

"……?"

"안 됩니까?"

"아니, 그런 건 아니지만……."

황당해하는 강력 팀장을 두고 준비를 했다. 신발에 비닐 캡부터 씌운 것이다. 그런 다음, 벽에 바짝 붙어 폴리스 라인 안으로 들어섰다. 창하 눈빛이 반짝이기 시작했다.

"사진이나 찍어 와."

길 선배 말처럼 들러리나 서러 온 건 아니었다.

현장은 앉아서 먹는 횟집 홀이었다. 넓었다. 쉬는 날 일어난 사건이었다. 사건 당일 만난 사람은 셋. 초등학교 동창생 사이였다. 사건은 주방에서 시작되었다.

발단은 작년에 솔로가 된 동창생 이숙례.

아직도 30대 후반 몸매를 자랑하는 그녀에게 세 사람이 꽂혔다. 한 남자는 유부남이었고 또 한 남자는 돌싱 기영수, 그리고 마지막은 노총각이었다. 서로 양보를 권하기 위해 한자리에 모였다. 그러다 술이 거나해지니 논쟁이 되었고 비극으로 이어진 것이다.

첫 사망자는 노총각이었다. 다음은 횟집 주인이자 유부남. 그는 머리에 피를 뒤집어쓴 채 의식불명 상태로 이송 중에 사망했다. 생존한 사람은 돌싱 기영수였다.

혈흔은 넓은 홀에 어지러울 정도로 많았다. 벽과 선반, 천장, 그리고 가까운 커튼 아래까지 혈흔이 낭자했다. 다음은 옆 벽면과 장식장이었다. 거기도 혈흔 자국과 파편이 저승 꽃처럼 흐드러졌다. 홀 바닥에는 피 묻은 족적 라인이 또렷했다. 족적은 주방까지 갔다가 돌아오는 형태였다.

테이블 위에 현장 사진 한 장을 올려놓았다. 먹다 만 참치 머릿살과 게 안주였다. 참치 머리는 횟집 주인이 즉석에서 발라놓은 안주였다. 그래서 회칼이 테이블로 나왔다. 테이블은 1회용 비닐을 깔았고 모서리에 위생 장갑 통이 보였다.

다음으로 사방에 흩어진 혈흔에 집중했다. 어떤 혈흔에는 살점도 묻어 나왔다. 혈흔 위에 올라앉은 찌꺼기들이 그것이었다. 혈흔 분석에도 선택과 집중이 필요하다. 당연히 그 길을

갔다.

'몽키 스패너……'

범행 도구는 두 가지였다. 회칼과 스패너. 그러나 회칼로 인한 손상은 단 두 번. 그중의 한 번이 치명상이 되긴 했지만 뼈를 치는 참상의 주역은 30㎝짜리 몽키 스패너였다.

횟집에 스패너가 나온 건 수도꼭지 때문이었다. 수도꼭지가 낡아 물이 새자 이음새를 조이느라 준비했던 것. 그게 흉기가 된 것이다.

주방으로 걸어간 족적은 주인의 것으로 판명되었다. 그가 피 묻은 양말을 신고 있었던 것.

"둘이 말싸움을 하길래 나는 나가서 담배 한 대 피우고 돌아왔을 뿐입니다. 들어와 보니 그 사달이 났더라고요."

생존자 기영수의 주장이었다. 실제로 신고자도 그였다. 칼에서는 횟집 주인의 지문이 나왔고 스패너에서는 노총각의 지문이 나왔다. 피 묻은 양말로 돌아다닌 족적은 횟집 주인의 것이었으니 그가 노총각과 격투 중에 살해하고 자신도 치명상을 입어 병원으로 가던 중 사망했다는 게 사건의 요지였다.

그러나 경찰, 생존자 기영수의 증언을 100% 신뢰하기에는 찜찜한 구석이 있었다.

「초등 동창생들, 회칼과 스패너로 격돌한 4각 치정 비극」

방송이 뽑아낸 자극적인 타이틀로 집중 보도가 된 사건이 었다. 국과수에서 부검을 했다. 권우재 담당이었다. 사인 분석 은 어렵지 않았지만 범인을 특정 짓지 못했다. 회칼과 스패너 에서 기영수의 지문이 나오지 않은 것이다.

불행하게도 가게 안에는 CCTV가 없었다. 이웃 건물도 그랬 다. 하늘의 달은 보름을 향해 달리는 중. 흔한 차량들마저 도 로 쪽에 포진해 블랙박스조차 도움이 되지 않았다.

장소가 술집이니 다투는 소리가 나도 누구 하나 신경 쓰지 않았다. 손님 없는 횟집 홀에서 일어난 사건이었으니 오직 죽 은 자들만이 진실을 알고 있을 일이었다. 이제 오늘 합동 조 사에서 유의미한 증거가 나오지 않으면 기영수를 풀어줄 수밖 에 없었다.

홀 중심에 선 창하의 판단력이 빠르게 돌기 시작했다.

호랑이가 죽어서 가죽을 남긴다면 피살자는 '다잉 메시지' 를 남긴다. 피에 입이 달린 건 아니지만 피살자가 남긴 혈흔에 는 스토리가 있는 법이었다.

원리도 간단하다.

「외력이 혈액에 작용하면 예측 가능한 결과를 낳는다」

그렇기에 현장의 혈흔을 보면 어떤 범행 도구를 사용했는 지, 어떤 방향으로 공격이 들어왔는지 재구성이 가능하다. 나아가 타격으로 인한 출혈 이후에 피해자가 어떻게 움직였는지의 예측도 가능해진다. 혈흔 분석은 보통 8단계로 나뉘지만 중심 팩트에 맞춰 집중하는 게 필요했다. 수천 갈래로 비산된 혈흔을 하나하나 집착하면 사건의 맥락을 쫓아갈 수 없었다.

혈흔은 보통 비산혈흔과 비비산혈흔으로 구분한다. 대표적인 것으로 선상분출이 꼽히는데 동맥이 파열되면서 뿜어 나오는 혈흔이 이것이다. 흉기에 묻혔다가 뿜어져 나오는 휘두름 이탈혈흔도 주요한 사례고 출혈 부위의 이동으로 생기는 낙하연결혈흔도 흔하게 볼 수 있다.

비비산혈흔으로는 바닥에 고인 혈흔이나 옷이나 이불 등의 흡수혈흔이 있고, 바닥에 떨어진 혈흔은 다른 무엇에 쓸려간 닦인 혈흔 등이 꼽힌다. 이 현장에는 이런 종류의 혈흔이 거의 망라되고 있었다.

혈흔을 살핀 창하가 퍼즐 조각을 맞추기 시작했다. 그 시선은 문 쪽으로 옮겨졌다. 그때 여자 하나가 폴리스 라인 안으로 들어섰다.

"거기 서요."

창하가 소리쳤다.

"뭐야?"

그녀가 눈빛을 세운다. 경철청 과학수사 팀장 차채린이었다.

"못 들었습니까? 들어오지 말라고요."

창하 목소리가 높아지자 그녀가 움찔거린다. 압도적인 눈빛 때문이었다. 이미 국과수 복도에서 조우했던 두 사람. 그때 본 창하의 눈빛이 아니었다.

"당신이 국과수 검시관?"

걸음을 멈춘 그녀가 물었다.

"그렇습니다만."

"처음 보는 얼굴인데요?"

"새로 임용되었습니다."

"새로? 허얼!"

그녀 입에서 거친 탄식이 나왔다.

"뭐가 잘못되었습니까?"

"아, 진짜… 짬 좀 있는 검시관 좀 보내주지……."

그녀가 이마를 긁어댄다.

"짬이라고 했습니까?"

"됐어요."

까칠한 말투로 응수한 그녀가 결국 걸음을 떼었다.

"현장 분석 중입니다. 멈추라고 한 말 안 들립니까?"

그녀 붙잡아두고 수사관을 불렀다.

"루미놀 가져온 거 있습니까?"

수사관은 바로 루미놀을 가져왔다. 그걸 받아 그녀의 발밑 부터 분사하는 창하. 그런 다음 실내의 빛을 가리자 기세등등 하던 그녀의 얼굴이 하얗게 질려 버렸다. 청색 형광 반응. 미세하나마 루미놀의 반응이 나온 것이다.

"이제 됐으니까 좀 비켜주시죠?"

"……."

황당해하는 그녀를 두고 분사를 계속했다. 약한 혈흔은 문 밖으로 이어지고 있었다.

"현장감식에 왜 이 혈흔이 빠져 있죠?"

사건 서류와 대조를 마친 창하가 수사관을 향해 물었다.

"그건……."

"눈앞의 선명한 핏빛 발자국에 현혹된 거죠?"

묵직하게 고개를 드는 창하. 그야말로 정곡을 제대로 찌르는 질문이 아닐 수 없었다.

아파!

수사관의 눈빛이 찌그러졌다.

"이 혈흔 족적 좀 찾아서 뜨세요. 여기 이분은 신발 비닐 캡 하나 드리시고요."

루미놀을 돌려주고 다시 안으로 걸었다.

"이봐요."

그녀가 따라 들어왔다.

"현장 분석 중이거든요. 그쪽 말대로 짬이 약해서 집중 좀 해야 하니까 한쪽으로 물러나 있으면 좋겠군요."

창하가 구석을 가리켰다.

"……."

차채린은 할 말이 없었다. 발밑 혈흔에 이어 두 번째 얻어 맞는 펀치였다.

"그러죠."

결국 벽에 기대 팔짱을 낀다. 그 자세로 창하를 주목하는 채린이었다.

창하는 다시 사진을 보고 있었다. 셋이 합석했던 홀의 테이블을 보고 첫 사망자가 뿌린 혈흔을 본다. 그런 다음 두 번째 사망자가 뿌린 반대편 벽을 보더니 말없이 주방으로 걸었다. 첫 사망자의 피는 천장까지 분출될 정도로 선상분출과 휘두름 이탈혈흔이 섞여 있다. 횟집 주인의 혈흔 또한 복잡한 형상을 보였다. 비비산의 고인 혈흔까지 더해진 것이다.

바닥에 그려놓은 증거 표식에 걸음을 맞춘다. 싱크대 앞에서 잠시 생각하던 창하, 뒤를 돌아보더니 다시 테이블로 돌아왔다.

그다음 행동은 양말이었다.

"어떻습니까?"

수사관이 물었다.

"같이 오신 분이 프로파일러라고 하셨죠?"

"예."

"이 피 묻은 족적 말입니다. 테이블에서 주방 싱크대까지 갔다가 돌아온 족적……."

"문제가 있습니까?"

"주인의 것이라고 했었죠?"

"예."

"용의자는 두 사람이 언쟁을 할 때 밖으로 나갔고요?"

"예."

"팀장님 좀 불러주세요. 용의자는 차에서 잘 감시하시고."

"예."

수사관이 전화를 꺼냈다.

"……!"

안으로 들어온 팀장은 이내 사색이 되었다. 창하가 내린 결론 때문이었다.

"용의자가 주인을 죽인 살인범이라고요?"

"그렇습니다."

"어떻게 말입니까?"

질문은 벽에 있던 차채린이 대신 던졌다. 그녀의 눈은 매의 그것처럼 빛나고 있었다.

"우선 혈흔부터 볼까요?"

창하가 첫 사망자 위치로 옮겨 갔다. 칼을 맞은 노총각이었다.

"이 혈흔은 동맥이 절단되면서 방출된 혈흔입니다. 부검 사진을 보죠. 오른쪽 가슴 쪽 말입니다. 칼끝이 위를 향하면서 등의 갈비뼈까지 진행해 들어갔으니 가해자는 앉은 위치였고 피살자는 서 있는 자세입니다. 칼의 자입 각도로 보아 우발적이거나 방어 형태로 보입니다."

"방어?"

"보시다시피 홀입니다. 신발을 벗고 앉아서 먹는 테이블이죠. 그런데 피살자는 서 있습니다. 그러니까……."

창하가 다른 사진을 골라냈다. 이번에는 몽키 스패너였다.

"아마 이걸 들고 서서 상대를 위협했을 것 같군요. 치기이든 협박이든."

"그래서요?"

차채린의 목소리는 여전히 칼칼했다.

"위협에 맞서 겁을 주려고 찌릅니다. 첫 손상 부위 보이죠? 큰 손상이 아닙니다. 이때 대치하던 두 사람의 분위기가 달라졌겠죠? 두 번째는 제대로 들어갔습니다. 피살자가 찔린 그 부위가 마침 뼈의 틈새 구조라서 의도와 상관없이 너무 깊이 들어가 버린 겁니다."

"……?"

"이제 최초 피살자, 노총각의 입장으로 가볼까요? 스탠딩 자세로 상대에게 겁을 주고 있었는데 칼을 맞았습니다. 반사적으로 몽키 스패너를 휘두르려 하자 더 깊은 공격이 들어옵니다. 선행 피살자도 그에 맞서 스패너를 휘두릅니다. 횟집 주인이 맞았습니다. 그러나 이미 선제 치명상을 입은 노총각입니다. 그런 사람이 휘두른 스패너가 무차별일 수 있을까요?"

"그럼?"

수사관이 고개를 들었다.

"피살자의 덩치가 가장 우람하긴 하지만 먼저 치명상을 입었습니다. 당연히 온몸의 평형감이 무너지게 되니 몽키 스패너 타격은 잘해야 한 방이죠."

"……?"

"어쨌든 살인을 범한 횟집 주인도 어느 정도 대미지를 입습니다. 친구를 찌른 공포와 머리를 얻어맞은 통증으로 넋을 놓고 여기 이 벽에 기댑니다. 이 혈흔이 복잡한 것을 주목해 보십시오. 가장 안쪽의 혈흔은 낙하연결흔, 그 위에 선상분출에 휘두름 이탈혈흔이 겹칩니다. 이건 여기서 정신 줄을 놓고 있는 횟집 주인에게 제3자가 개입해 무차별 가해를 했다는 정황입니다."

"그게 용의자라면 몽키 스패너에 용의자의 지문이 남아야 하고 손이나 옷에도 피가 튀어야 하지 않습니까? 하지만 용의자는 깨끗했습니다."

"그 답은 홀과 주방으로 이어진 족적에 있습니다."

"……?"

"사진을 보니 무차별 가격을 당했습니다. 아마 쓰러진 후에도 휘둘렀겠죠. 그렇다면 당연히 피가 튀었을 겁니다. 하지만 홀에는 그걸 가릴 도구가 있었습니다. 테이블마다 두툼하게 깔린 1회용 테이블보와 주인이 준비한 위생 비닐장갑."

"……!"

"테이블보로 몸을 가리고 위생 장갑을 끼면 간단합니다. 횟집 주인이 쓰러지자 범인은 주방으로 향합니다. 거기서 거울을 보며 얼굴에 피가 튀었나 확인했을 겁니다."

"주방으로 움직인 건 횟집 주인의 족적이었습니다."

"현장감식 팀은……."

잠시 수사관을 쏘아본 창하가 뒷말을 이었다.

"거기서 팩트를 놓친 겁니다."

창하의 목소리는 현장을 압도할 정도로 묵직했다.

*   *   *

"용의자의 발 사이즈를 측정했습니까?"

"그건……."

수사관이 고개를 저었다.

"가서 측정해 오세요. 아마도 횟집 주인의 발 크기와 비슷할 겁니다."

"가봐."

팀장이 턱짓을 했다. 발의 사이즈를 재는 데는 1분도 걸리지 않았다.

"260㎜입니다. 횟집 주인과 같은 사이즈인데요?"

수사관이 답하자 경찰들의 표정이 뻘쭘해졌다. 한국 남자의 표준 발 크기. 이제 그들도 퍼즐의 형상을 잡게 된 것이다.

"현장감식 팀은 세 가지 치명적인 실수를 저질렀습니다. 이제 감이 오시나요?"

창하가 수사관을 바라보았다. 그는 미간만 구길 뿐 입을 열지 못했다.

"첫째, 범인은 하나가 아니라 두 사람입니다. 한 사람은 죽었으니 남은 건 용의자가 되겠군요."

"……?"

"용의자가 또 한 사람의 살인범이라는 증거는 두 가지입니다. 첫째, 주방으로 걸어갔다가 돌아온 피 묻은 족적의 주인은 용의자의 것입니다. 몽키 스패너의 지문을 지운 뒤 피 묻은 양말을 발견하고 그걸 벗어 주인에게 신겼습니다. 현장에 남겨진 피 묻은 족적이 너무 뚜렷한 바람에 다른 가능성을 놓친 겁니다. 주인에게 벗긴 양말 안에서 용의자의 DNA를 발견할 수 있을 테니 분석해 보세요."

"……!"

"또 하나는 제가 발견한 저 희미한 혈흔의 족적들입니다. 용의자는 조심하며 나갔겠지만 방 안에 튄 혈흔을 다 피할 수는 없었죠. 그렇게 나간 후에 차에 가서 다른 양말을 신고 돌아왔습니다. 사용한 테이블보와 위생 장갑, 주인의 양말 등은 어딘가에 유기를 했을 테고요. 용의자가 말하길 자기는 언쟁이 있을 때 나갔다가 돌아왔다고 했다지요. 그때 나갔다면 족적에 혈흔이 묻어날 리 없으니 거짓 진술입니다. 조금 더 확실하게 하시려면 족적의 '보폭'을 측정해 증거로 붙이면 재판부에 어필이 될 겁니다."

"……!"

"다시 설명해 드려요?"

경찰들이 얼어붙자 창하가 되물었다.

"뭐 하나? 근처 뒤져서 테이블보하고 양말 찾아봐."

팀장이 소리쳤다. 이내 지원 팀이 도착했고 가게 인근 수색에 들어갔다. 홀에서 일어난 일이라 외부 수색을 하지 않았던 경찰. 120미터쯤 떨어진 빗물받이 안에서 돌돌 말린 비닐 테이블보와 위생 장갑, 양말 뭉치 등을 찾아냈다.

"……!"

이제는 기영수가 얼어붙었다. 완전범죄로 넘어갈 것 같았던 동창생 살인. 이렇게 덜미를 잡힌 것이다.

"맞습니다."

현장에서 족치자 자백을 하기 시작했다. 증거가 나온 데다 동영상을 들이대는 듯 팩트를 추려 말하니 두 손을 들어버린 것이다.

"저 사람 말이 맞습니다. 셋이 모여 누가 숙희를 차지할 건가 합의를 하는데 잘되지 않았습니다. 서로 목청을 높일 때 참치 머릿살을 발라내던 용길이가 깝치면 너희들 다 담글 수도 있다고 농담 반 진담 반의 협박을 했어요. 그러자 태식이가 수도꼭지를 조였던 몽키를 들고 와 찌질하던 놈이 어디서

협박질이냐며 으름장을 놓고 나선 거죠. 그걸로 용길이 머리
와 어깨를 톡톡 건드리자 용길이가······."

기영수의 고개가 떨어졌다.

"깝치면 진짜 찌르는 수가 있다?"

주인이 회칼을 겨누었다.

"찔러봐라, 새꺄. 마누라 있는 놈이 마누라 방아나 찧으면 되
지 뭐?"

취한 감정들은 자꾸만 거칠게 고조되었다.

"이 새끼, 말 다했어? 내가 찌르라면 못 찌를 줄 알아?"
"새꺄, 회나 떠먹고 사니까 사람이 회로 보이냐? 사람은 아무
나 찌르는 줄 알······?"

몽키로 용길 어깨를 톡톡 치던 태식은 몸에서 바람이 새는
걸 느꼈다. 한 번 뜨끔한 후에 칼이 제대로 들어온 것이다.

"씨발 놈이!"

몽키를 휘두르며 그대로 나뒹굴었다. 그게 또 용길에게 제대로 적중되었다. 칼은 테이블 옆에 떨어졌고 몽키는 기영수 옆에 떨어졌다. 순식간의 상황. 기영수가 돌아보니 한 명은 죽고 또 한 명은 머리가 터진 채 넋이 나간 상태였다.

'저 둘이 다 죽으면?'

숙희는 내 거.

어차피 제 놈들이 시작한 일.

술이 알알하게 오른 기영수가 옆 테이블에서 테이블보 한 장을 집었다. 그 끝을 목에 묶어 앞치마처럼 만든 후에 나무 젓가락으로 위생 장갑을 꺼내 착용했다.

'나는 숟가락만 얹을 뿐.'

그가 용길을 향해 다가섰다.

나머지는 창하가 말한 대로였다. 몽키로 용길의 머리를 십여 차례 내려쳐 쓰러뜨린 후 양말을 갈아 신겼다. 몽키는 건너편에 쓰러진 태식에게 쥐어주었다. 그길로 나가 증거물을 유기하고 차에서 양말을 바꿔 신은 후에 들어왔다. 그런 다음 남은 술을 퍼마시고 신고 전화를 걸었던 것.

"우우욱!"

자백을 끝낸 그가 무너졌다.

동창회에서 만난 그리운 날들의 추억. 아련한 추억을 입고 있는 여자에게 반해 버린 세 남자. 빗나간 욕망이 불러온 추악한 종말이었다.

"고맙습니다. 역시 국과수분 모시길 잘했군요."

팀장이 정중한 인사를 해왔다. 담담하게 그 인사를 받았다.

"잠깐요."

경찰차에 오를 때 차채린이 창하를 잡았다.

"아직 볼일 남았습니까?"

"아까는 미안했어요."

"괜찮습니다."

"그런데 진짜 초짜 맞아요?"

"보다시피……."

창하가 신분증을 내밀었다. 공무원증 발행 일자가 그걸 증
명하고 있었다.

"타요. 경찰서에 차를 두고 온 모양인데 태워다 드릴게요."

"타고 왔던 차로 가겠습니다."

"아직 기분 상했어요?"

"검시관은 AI가 아니거든요. 당연히 감정이라는 게 있죠."

"아, 사람 바빠서 그런 거 가지고 뒤끝 작렬하시네. 무릎 꿇
고 빌까요?"

차채린이 말하는 사이에 감식 팀 차량이 출발해 버렸다. 창
하가 채린의 차를 탄다고 판단한 모양이었다.

"타시죠."

한 번 더 그녀가 탑승을 권했다. 이제는 별수가 없었다.

"이걸로는 사과가 안 될 모양이니 밥 한번 쏠게요."

차가 도로에 올라설 때 그녀가 말했다.

"진짜 미안하면 부탁이나 하나 들어주시죠."

"말해보세요. 불법만 아니면 해드릴 테니⋯⋯."

"십몇 년 전 사건인데 수사 개시부터 수사 종결까지."

"부검 관련인가요?"

"예."

창하가 답했다. 아버지의 일이지만 공식 부검이니 거짓말은
아니었다.

"요점은요?"

"대학에 교수로 나간 검시관이 부검한 케이스인데 부검 사
진이 통째로 빠졌더군요."

"누락이라는 거군요?"

"정확한 건 모르죠. 그것까지 알아봐 주시면 고맙고⋯⋯."

"접수합니다. 부탁 끝인가요?"

"예."

"그럼 이제 내가 질문합니다."

"마음대로."

"미국에서 ME⋯ 검시관 코스 마치고 왔어요?"

"순수 국내산입니다. 텍스트와 자료로 공부했어요."

"우와, 독학으로 만렙 뉴비?"

채린의 목소리가 빵 터졌다.

"……."

"아까 보니까 혈흔 분야까지 빠삭하던데 미궁 살인 합동 대책 회의에는 왜 참석하지 않았죠?"

"짬밥이 안 되는지 끼워주지 않더군요."

창하가 웃어넘겼다.

"실력이 근무 기간으로 결정되는 건가요? 그럼 우리 경찰도 노땅들은 죄다 능력자들이게요? 솔직히 말하면 노땅들 절반 이상은 전부 세금충이거든요. 앉아서 잔소리나 늘어놓는……."

"그러는 사람은 노땅 되면 어쩔 건데요?"

"저는 한 15년 쌈빡하게 일하고 퇴직할 겁니다. 요즘 그게 대세잖아요? 한 직장에 뼈 묻을 필요 없는 거. 그 후에 사립 탐정 사무소 같은 거 차려볼 생각인데 동업 생각 있어요?"

채린은 거침이 없다. 초고속 승진 가도를 달리는 경찰대학 출신의 엘리트. 그럼에도 15년 후에 진짜로 퇴직할 것 같은 분위기였다.

"그때 제가 더 잘되어 있으면 어쩌죠?"

"그럼 제가 선생님 밑으로 가면 되겠군요."

"이런 것도 조서로 남겨야 할까요?"

"조크도 잘하시네요?"

채린이 시원하게 웃었다.

"그나저나 미궁 살인 말입니다. 진짜 경찰도 감을 못 잡고 있는 겁니까?"

"알고도 안 잡겠어요? 사건 현장을 중심으로 사람, 차량, 버스, 공공기관 CCTV까지 다 뒤졌지만… 찬란한 헛발질만… 이러다 저 15년 채우기 전에 모가지 날아갈지도 몰라요."

"진짜 미궁이군요."

"언제 현장 한번 안 가보실래요? 서울분소 소장님, 백 과장님 다 모시고 가봤는데 재미 못 봤거든요. 이건 제 감인데 왠지 선생님이 현장 둘러보면 뭐 좀 나올 거 같은데?"

"이창하입니다."

"저는 차채린요."

"일단 제 부탁부터 들어주세요. 그거 끝나면 힘닿는 데까지 도와드리겠습니다."

"약속한 거예요."

"예."

창하가 답하자 채린이 핸들을 꺾었다. 경찰서로 가는 길이 아니었다.

"차 팀장님."

놀란 창하가 채린을 바라보았다.

"바로 알아봐 줄게요. 그럼 선생님도 저를 빨리 도울 수 있는 거 아닌가요?"

"……?"

"아시겠지만 미궁 살인, 한시가 급하거든요. 발표하지는 않았지만 어젯밤에도 모방 살인으로 보이는 미수가 네 건이나 있었어요. 이러다 한두 건 더 터지면 치안 부재 현상까지도 우려되거든요. 미안하지만 지금 지푸라기라도 잡아야 하는 형편이라고요."

"열정적이시군요?"

창하가 웃었다. 실은 나쁘지 않은 제의였다. 피경철의 말처럼 미궁 살인은 이미 국과수 전체의 일이 되었다. 게다가 이 일은 창하에게 주어진 미션의 하나. 결국에는 범인 검거에 끼워주지 않으면 자원을 해서라도 범인 검거에 나서야 할 판이었다.

"야, 배 경위, 나 팀장인데 1997년 부검 건 하나 10분 안에 디테일하게 뽑아놔. 당시 담당자는 제일경찰서 형사 팀장 나동광."

질주하던 차가 경찰청 앞에 멈췄다.

"팀장님."

과학수사센터에 들어서기 무섭게 배 경위가 자료를 내밀었다.

「모든 접촉은 흔적을 남긴다」

벽에 걸린 그들의 구호가 선명했다. 그런데 자세히 보니 노란 포스트잇이 꼬리처럼 붙어 있다.

「미궁 살인은 예외다」

사선으로 붙은 포스트잇이 애절해 보인다. 그들이 얼마나 골몰하고 있는지 알 것 같았다.

"따라오세요."

채린이 회의실 문을 열었다. 안에서 회의 중인 팀이 보였다.

"야, 중요한 일이니까 잠깐 자리 비워."

채린이 말하자 직원들이 즉각 일어섰다. 채린의 위상을 알 것 같았다.

"괜히 미안해지는데요?"

창하가 어깨를 으쓱해 보였다.

"미안하면 단서만 잡아주세요. 그럼 백번 큰절도 할 수 있습니다."

그녀가 자료를 펼쳤다.

"그 사건 부검 사진은 열두 장이 있었어요. 하지만 분실로 되어 있군요."

"분실……."

"과거에는 이런 일이 비일비재했습니다. 실수로 공문서를 날리는가 하면 분실로도 모자라 시스템에 올라온 자료까지도 지우던 인간들도 있었으니까요."

"그 자료 제가 가져가도 됩니까?"

"문제없습니다만 한 가지만 묻고 싶네요."

"······?"

"이거··· 부검이 문제입니까? 아니면 수사관들이 문제입니까? 그도 아니면 사건 자체가 문제입니까?"

"채 팀장님?"

"최대한 많은 정보를 주시면 최대한 많이 도와드리겠습니다. 그래야 빠른 해결을 볼 테고 그래야 저도 선생님 모시고 미궁 살인 현장에서 아까처럼 신들린 조언을 기대할 수 있을 테니까요."

채린, 시원한 이목구비처럼 화끈한 딜을 내놓았다.

제12장
—
미궁 살인 시신 집도를 맡다

"부검 문제입니다. 사진을 볼 수 없다면 분실 경로나 좀 알았으면 좋겠군요. 누가 분실한 건지도……."

일단은 원론적인 선에서 대답을 했다.

"알아보죠."

"고맙습니다."

"오신 김에 우리 청 구경 좀 하시겠어요? 국과수만은 못하지만?"

"그래도 될까요?"

그녀의 콜에 답했다.

"……!"

과학수사센터의 분위기도 국과수와 크게 다르지 않았다. 대개는 사복이거나 실험복 차림이니 더욱 그랬다. 그녀가 마지막 방을 열었다. 이번에는 별다른 설명도 없었다.

"⋯⋯!"

그러나 창하는 굳었다. 미궁 살인 집중 분석실이었다. 벽에는 여섯 희생자들의 사진과 함께 그들의 자료가 깨알처럼 붙어 있다. 옆으로는 전국 지도. 지도 위에 그들이 희생된 장소 표기가 또렷했다.

모방범죄와 유사 범죄에 대한 자료도 한쪽에 있었다. 면밀한 비교와 분석들. 그럼에도 미궁 살인의 범인은 완벽하게 오리무중이었다.

"대단하군요."

한눈에 보는 자료가 창하를 압도했다. 동시에 심연 저 깊은 곳에서 처절한 아우성이 느껴졌다. 방성욱이 말하던 사명감의 용트림일까?

"마셔요."

그녀가 차 한 잔을 건넨다. 미궁 살인 분석실에서 마시는 차 한 잔. 기분이 미묘했다.

"그동안 조사받은 사람들이에요. 용의선상에 올린 것만 1,400여 명이었고 약 200명을 연행해 조사를 했죠. 개중에는 자백을 한 사람도 있고 자수를 한 사람도 있는데⋯⋯."

채린은 서류 한 뭉치를 집어 들더니 맥없는 결론을 내렸다.

"모두 허위였어요."

"허위……."

"관종이죠. 인터넷에만 그런 인간이 있는 게 아니거든요."

"현재까지 밝혀진 건 뭔가요?"

"신출귀몰?"

"……?"

"어이없지만 그래요. 모든 접촉은 흔적을 남긴다. 저 명언 저거 이 사건 앞에서는 허당이라고요. 지문도 DNA도, 심지어는 족적조차 파악되지 않았거든요."

턱!

그녀가 서류를 거칠게 놓았다. 무게감에 흐트러진 서류 틈에서 심장 부위에 새겨진 상흔 부위들이 나왔다.

여섯 희생자들의 상흔.

마치 기계로 찍어낸 듯 비슷했다. 사이즈만 조금씩 다를 뿐.

"……."

그 사진 위에도 희미한 링들이 보였다. 영상보다는 아련하지만 감지할 수는 있었다.

"뒤져보니 미국에서도 유사한 예가 있었더라고요? 하지만 유감스럽게도 60여 년 전의 사건이라 큰 도움이 되지 않았어요. 오죽하면 DFC와 우리 내부에서 AI나 외계인의 소행이 아니냐는 의견까지 대두되는 상황이에요."

"둘 다 맞고, 둘 다 틀립니다."

듣고 있던 창하가 처음으로 의견을 밝혔다.

"둘 다 맞고 둘 다 틀리다? 무슨 뜻이죠?"

"그냥 느낌입니다."

"사람 소행이 아니라는 겁니까?"

그녀의 눈빛이 창하에게 고정되었다. 바로 그 순간 배 경위
가 문을 박차고 들어섰다.

"뭐야? 손님 오셨는데?"

채린이 고개를 들었다.

"죄송합니다. 코드 제로입니다."

보고하는 배 경위 얼굴은 긴장감 백배였다.

"뭐야?"

채린이 의자를 박차고 일어섰다.

코드 제로!

경찰이 쓰는 미궁 살인의 사건명이었다.

띠뽀띠뽀!

애애애앵!

과학수사대원들이 미친 듯이 출동을 했다. 사건 현장은 우
면산 인근이었다. 산악자전거를 즐기던 노익장의 라이더가 희
생자였다.

"다음에 봐요."

채린이 탄 과학수사센터 차량이 창하를 스쳐 갔다.

국과수도 술렁이고 있었다. 우면산 인근이라면 서울 사무소의 관할구역. 그 시신은 여기로 오게 되어 있었다.

"이창하!"

길관민의 방문을 열자 그가 고개를 들었다.

"다녀왔습니다."

"사진 몇 장 박고 오랬더니 뭐 이렇게 오래 걸렸어?"

"간 김에 해결 좀 하느라고요."

"해결?"

"예."

"뭘? 어떻게?"

"혈흔을 보니까 답이 나오더라고요. 범인은 둘이었고 용의자가 그중 한 명이었으니 지금쯤 구속수감 되었을 겁니다."

"……?"

관민의 눈이 휘둥그레졌다. 권우재에게 들은 말이 있었기 때문이다. 셋이 모였다가 둘이 죽고 하나가 남은 사건. 애매모호한 구석이 있었는데 그걸 해결하고 온 것이다.

그때 권우재가 문을 열고 들어섰다.

"길 선생, 또 터졌단다."

그의 표정이 착잡하다.

"미궁 살인요?"

관민도 바로 눈치를 차렸다.

"그래. 방금 경찰청에서 연락 왔단다. 오늘은 정시에 좀 나가야 하는데 사람 미치겠네."

의자에 앉은 그가 머리카락을 긁어댔다.

"오전에는 미궁 살인 질책, 오후에는 새 희생자 부검… 부검이고 나발이고 우리 부검의들 단체로 심리 상담이라도 받아야 하는 거 아닙니까? 아니, 뭐 부검의는 감정도 없는 AI냐고요?"

"내 말이 그 말이다. 오전에 소 선생이 총리한테 깨진 소식 들었어?"

"소 선생님도 깨졌습니까?"

"분위기가 이러니 소장님이 특명을 내린 모양이더라고. 질책이 심하게 나오면 분위기 봐서 국과수 애로 사항도 좀 강변하라고. 그런데 총리가 뭐라고 했는지 알아?"

"뭐라고 했습니까?"

"당신은 죽은 위인이나 명화 속의 부검까지 해내면서 산 사람의 살인조차 못 밝히나? 그 한마디에 소장님 이하 소 선생까지 찍소리도 못 냈다니까."

"아… 부검이 무슨 만능 해결사인 줄 아나? 우린들 싫어서 안 하냐고요? 검시학에도 없고 인류 역사상 처음 보는 손상을 어쩌라고요."

"그나저나 그 건은? 다녀왔나?"

흥분이 가라앉자 관민에게 묻는 권우재.

"그게… 저도 부검 때문에 이 선생을 대타로 보냈는데 이 선생이 해결을 해버렸다네요."

"뭐야? 해결?"

권우재의 눈빛이 창하를 겨누었다.

"어떻게?"

"선생님 부검에 현장 상황을 매칭시키니 퍼즐이 완성되었습니다. 현장 조사에 응한 용의자가 자백을 하면서 일단락되었습니다."

"잠깐만."

권우재가 핸드폰을 뽑았다. 번호를 눌러 담당 형사 팀장을 호출한다. 몇 마디 통화하던 얼굴은 이내 흙빛으로 변해 버렸다.

"이 선생이 혈흔 분석도 익혔나?"

"예, 조금……."

"허, 이 친구……."

권우재가 황당해할 때였다. 국과수 마당으로 경찰차 사이렌 소리가 들어오기 시작했다. 차량은 무려 여섯 대. 이장혁 검사와 차채린이 먼저 내리니 다음 차가 바로 희생자의 시신을 실은 차였다.

당연히 국과수에도 비상이 걸렸다.

소장에 백 과장, 피경철과 소예나, 권우재까지 비상 호출령이 내렸다. 사실상 서울 사무소의 부검의 전부가 동원된 부검이었다.

"선생님."

소란스러운 가운데 원빈이 창하의 방으로 들어왔다.

"퇴근 안 하세요?"

창하가 물었다.

"미궁 살인 시신이 왔잖습니까? 퇴근은 물 건너갔습니다."

"어시스트는 누가 들어갔죠?"

"천 선생님하고 정 선생님요."

천광배와 정상두.

국과수 어시스트의 베테랑들이다.

"분위기는 어때요?"

"완전 살벌하죠. 경찰청장과 행자부 장관에 청와대 민정수
석까지 오고 있다는 말도 있더라고요."

"청와대 수석요?"

"쉿, 대외비라네요. 국민들이 알면 불안심리가 확산된다
고……."

"그런다고 일어난 사건이 없어지나요?"

"아, 이 부검은 선생님이 단독으로 들어가야 하는데……."

"예?"

"솔직히 그렇잖아요? 피 선생님, 소 선생님, 다들 노련하지
만 이 선생님에게는 안 되죠. 살인의 단서는 이렇습니다. 살인
이 아닌 이유는 저렇습니다. 그렇게 명쾌하게 밝혀내는 부검

의, 원주 본원에도 없거든요."

"다른 선생님들이 듣겠네요."

"들으라죠 뭐. 일부 선생님들은 자극 좀 받아야 합니다. 매너리즘에 빠져 기계적인 부검이나 해대면서 맨날 장비에 시설 탓만 해대시니……."

"그보다 제가 부탁드린 건?"

"아, 제가 아까 수아 누나 만나서 한 번 더 쪼아놨습니다. 가능한 빠른 시간 안에, 가능한 최고의 퀄리티로 만들어달라고."

"두 분이 친한가 봅니다."

"실은 제 사촌 누나입니다. 저도 누나 권유로 국과수 시험 보게 되었고요."

"그래요?"

"어, 높으신 분들이 오는 모양인데요?"

원빈이 고개를 들었다. 국과수 마당이 다시 출렁거렸다. 소장과 백 과장이 달려 나와 그들을 맞는다. 청와대 수석과 경찰청장, 행자부 장관의 행차. 국과수에 부담이 되지 않을 수 없었다.

"젠장, 저렇게 행차들 하면 뭐가 저절로 나오는지… 사실 부검만 방해하는 꼴인데……."

창가의 원빈이 혼자 중얼거렸다. 창하도 공감 백배였다. 무슨 사건만 나면 현장에 달려가는 고관들. 그들의 의전을 위해

하던 일을 중단해야 하는 현장 실무자들. 한 세기가 다 지나도 고쳐지지 않은 적폐가 눈앞에 펼쳐지고 있었다.

그들에게 부검복이 지급되었다. 어시스트들이 나와 입혀주기까지 한다. 보고 준비도 해야 하고 차와 음료 준비에 자료도 챙겨야 한다. 일 도와주는 게 아니라 이중, 삼중고를 안기는 것이다.

원빈이 나가고 30분 후.

생각을 정리하는 창하 책상의 전화기가 요란하게 울렸다.

띠롱띠롱!

"검시관 이창하입니다."

전화를 받았다. 그러자 수화기에서 경천동지할 지시가 흘러나왔다.

―이 선생, 지금 당장 미궁 살인 부검에 합류하세요.

소장의 목소리였다.

*   *   *

미궁 살인 부검 합류?

수화기를 내려놓은 창하가 중얼거렸다. 혈액순환이 빨라지기 시작한다.

'올 게 왔군.'

숨을 골랐다. 생각보다 빨랐다.

검시관들 역시 의사. 의사들 사이에는 서열 의식이 강했다. 병원으로 치면 전문의 딴 신참 진료 의사다. 중대한 수술이나 치료에 합류시킬 리 없다. 그렇게 되려면 짬밥이 필요했다. 난 다 긴다 하면 5년, 아니면 10년 이상이 필요한 게 보통이었다.

톡!

핸드폰 액정을 눌렀다. 방성욱 얼굴이 나왔다. 지난번 영상에서 캡처해 옮겨둔 사진이다.

'마침내 그날이 왔습니다.'

액정을 더듬으며 생각했다. 방성욱의 눈이 빛을 내는 것 같았다. 그러나 정작 빛을 내는 건 창하 자신이었다. 그 눈빛은 전장에 나서는 기사의 그것 이상으로 비장했다.

방성욱의 경험치에 더한 백택 8안.

마침내 그 능력으로 미궁 살인의 실체를 만나게 되는 것이다.

"선생님!"

원빈이 달려왔다. 소식을 들은 모양이었다.

"미궁 살인 부검 들어가신다고요?"

그는 이미 과다흥분 상태다. 아드레날린이 홍수처럼 쏟아진다.

"같이 갈까요?"

"제가요?"

"제 어시스턴트시잖아요? 준비하세요."

"……!"

원빈이 얼어붙었다. 사소한 말이지만 강렬한 대우. 그게 원빈의 심장을 폭발적으로 뛰게 만든 것이다.

"알겠습니다. 선생님."

깍듯이 대답한 그가 창하에 앞서 걸었다. 그의 어깨 역시 창하 이상으로 비장해 보였다. 부검실이 가까워지자 복도가 소란스러웠다. 청와대 수석이 떴으니 그에 딸린 사람들이 있었고, 행자부 장관과 경찰청장이 떴으니 수행원들이 있었다. 그나마 특급 보안을 걸어 기자들을 막아놓은 게 다행이었다.

"이 선생님."

사람들 틈에서 여직원 은지가 나왔다. 그 옆에 낯익은 사람이 있었다. 부검복을 걸친 여자. 차채린 팀장이었다.

"선생님."

"왜 여기 나와 있는 거죠?"

창하가 고개를 들었다.

"선생님의 부검 참여, 차 팀장님의 요청이었어요."

은지가 나지막이 속삭였다.

"팀장님이?"

"국과수 소장님께 요청했는데 그럴 필요까지 없다지 뭐예요? 그래서 우리 청장님 오셨길래 청장님 통해서 눌렀어요."

"……."

"제 감인데 무모했나요?"

"아뇨. 잘하셨습니다."

"그럼 들어가시죠."

채린이 부검실을 가리켰다. 원빈이 열어주고 창하가 들어섰다. 부검실 안에는 사람이 많았다. 부검대 옆으로 저렇게 많은 사람이 둘러서는 경우도 드물 것 같았다. 청와대 수석을 시작으로 장관, 경찰청장, 그리고 국과수 서울 사무소장…….

"아, 이 선생."

뭔가를 설명 중이던 피경철이 창하를 돌아보았다.

"이분입니다."

채린이 경찰청장에게 창하를 소개했다. 그가 무의식중에 손을 내민다. 악수는 하지 않았다. 부검대 앞에서 악수하는 검시관은 없다.

"이리 오게."

피경철이 창하를 당겼다. 시신이 창하 눈에 들어왔다. 얼굴은 깨끗했다. 너무 깨끗해 산 사람을 눕혀놓은 것만 같았다.

"보시게. 경찰 쪽에서 자네가 부검에 참가했으면 좋겠다는 요청을 해왔네."

백 과장도 한 걸음 비켜나 주었다.

그러나 창하는 더 움직이지 않았다. 표식 때문이었다. 시신의 횡경막 위, 심장 부위에 떠오른 선명한 링…….

"CT 결과는 나왔네. 심장 적출, 시신의 손상이 무엇에 의한 것인지 알겠나?"

과장이 물었다.

"죄송하지만……."

좌중을 둘러본 창하가 뒷말을 이어놓았다.

"불을 좀 꺼도 될까요?"

"불?"

난데없는 발언에 청와대 수석과 장관 눈이 휘둥그레졌다.

"꺼보게."

창하의 스타일을 아는 피경철이 답했다. 창하가 돌아보자 스위치 옆에 있던 원빈이 불을 내렸다.

딸깍!

소리와 함께 부검대에 어둠이 내려앉았다. 어둠 속에 시신이 오롯했다. 덕분에 시신의 가슴팍에 뜬 여덟 링이 더 선명해졌다.

그리고…….

링과 함께 손상 부위도 선명하게 느껴졌다. 눈이 아니라 오감의 느낌이었다. 칼은 아니었다. 칼이나 유리에 의한 자창은 단면이 깨끗하다. 톱도 아니다. 톱을 쓰면 단면이 너덜거린다. 이로 물어뜯은 교상도 아니고 도끼나 삽 등의 할창도 아니다. 이를 제외하면 그 공통점은 인간이 만든 도구이거나 무기.

「인간이되 인간 이상」

은제 타자기가 새겨준 경구를 떠올렸다.

인간은 도구를 쓴다. 그러나 인간이 아니거나 인간 이상이라면…….

도구가 필요 없다.

판타지 소설에서는 마법을 쓴다. 하지만 마법도 아니다. 마법이라면 손상의 흔적조차 남기지 말았어야 했다.

'인간이되 인간 이상……'

점성술사의 말에는 힌트가 들어 있다. 그렇지 않고서야 비원을 안고 있다는 은제 타자기가 저절로 작동할 리 없었다.

「인간이되」

그 말은 곧 범인이 사람이라는 뜻이다.

「인간 이상」

그건… 인간의 능력을 벗어난다는 뜻으로 해석되었다. 인간 이상이라면 굳이 무기를 쓸 필요도 없다.

집중했다.

방성욱과 점성술사의 간절함 속에서 방성욱의 부검 경험치를 총동원했다. 어쩌면 방성욱조차 생경한 부검 상황. 그러나 점성술사의 신묘함이 더해지니 창하 눈에 서기가 서리기 시작했다. 결국 시신의 여덟 링과 서기가 한 점에서 만났다.

'아!'

창하가 휘청 흔들렸다.

보였다.

방성욱과 점성술사의 예지였다. 그들이 말하던 백택 8안······.

시신의 손상 부위, 거기 작렬하는 살인 도구의 형상······.

"불 켜주세요."

창하 목소리가 나왔다.

딸깍!

원빈이 스위치를 올렸다. 그러자.

"어어억!"

부검대 옆의 사람들이 경악을 했다. 특히 귀빈들이 그랬다. 놀라기는 국과수 베테랑 부검의들도 마찬가지였다.

"지금 무슨 짓인가?"

백 과장의 불호령이 떨어졌다. 창하의 손 때문이었다. 라텍스 장갑을 낀 손이 시신의 손상 부위 안으로 들어가 있는 게 아닌가?

"이 선생."

피경철도 경악이다. 그 솜씨가 가상해 아껴주던 신참. 그렇기에 차채린의 요청이 나왔을 때 두말없이 손을 들어준 그였다. 그런데 이런 무리수라니?

시신의 손상 부위에 손을 집어넣는 건 특별한 경우가 아니면 상상할 수 없는 일이었다. 하지만 창하는 거기 홀려 있다. 넣기만 한 게 아니라 넣었다 뺐다까지 반복하는 것이다.

"그만두지 못해?"

권우재가 창하의 손을 잡았다. 창하가 그걸 뿌리쳤다. 신이라도 들린 듯 엄청난 괴력이었다.

"이 선생."

다시 백 과장의 질책이 나올 때 창하의 입이, 천둥소리를 냈다.

"범행 도구를 알아냈습니다."

"……?"

힘 실린 목소리에 부검실이 흔들거렸다.

"도구를 알아냈다고?"

경찰청장이 먼저 반응했다.

"뭐죠?"

다음으로 채린이 물었다.

"이겁니다."

창하가 손이 위로 움직였다. 모두의 시선이 그걸 따라 올라갔다. 손에 들린 건 아무것도 없었다.

"이 선생."

이제는 아찔해지기까지 하는 백 과장의 얼굴. 청와대를 위시한 고관들이 참관한 부검이었으니 뒷감당을 걱정하지 않을 수가 없었다.

"이 선생……."

피경철도 한숨을 쉰다.

"손?"

채린의 표정 역시 멋대로 구겨졌다.

"예. 미궁 살인의 살인 도구는 바로 이 손입니다."

"이 선생!"

권우재가 결국 혈압을 올렸다.

"증명해 드리죠."

창하가 일축한다. 부검실 안, 차가운 이성을 유지하는 건 오직 창하뿐이었다.

"뭐 하나? 이 선생 데리고 나가."

권우재가 원빈에게 눈짓을 주었다. 그 말을 채린이 막았다.

"일단 한번 보기나 하죠. 어차피 여태껏 밝혀낸 것도 없지 않습니까?"

"동감입니다."

이장혁 검사도 가세했다.

현장 수사 책임자들이 지지하자 분위기가 창하 쪽으로 넘어왔다.

"우 선생님."

원빈이 창하의 지시를 받고 나갔다. 얼마 후에 돌아온 그의 손에 들린 건 광폭 실리콘 테이프와 작은 상자였다.

"두 분이 모서리를 좀 잡아주시겠습니까?"

창하가 원빈과 광배에게 요청했다.

"실리콘 테이프입니다. 이해를 돕기 위한 거니 그냥 보기만 하십시오."

창하가 그 앞에 섰다. 그러더니 중국 무술의 당수를 찌르듯 그대로 실리콘 테이프를 찔렀다. 손은 테이프를 뚫고 반대편으로 나왔다. 창하가 손을 빼니 실리콘 테이프가 수축되었다. 손이 들어갔다 나왔지만 구멍은 흔적뿐이다. 테이프의 탄력 복원력 때문이었다.

"이런 원리입니다. 범인은 강력한 속도로 횡경막 아래를 쳐서 손을 넣은 다음에 심장을 잡아 뗀 것입니다. 일종의 철사장이랄까요? 순식간에 일어나기 때문에 손상 부위가 수축되어 작아 보입니다. 손상의 형태 역시 마찬가지입니다. 날카로운 무기가 아니기 때문에 다소 거친 굴곡 형태를 보입니다."

"말도 안 되는."

권우재가 펄쩍 뛰었다.

"과거 어떤 무술인은 수도로 소뿔도 뽑는다고 들었습니다. 그 수준보다 조금만 높으면 아주 불가능한 것도 아닙니다."

창하의 응수는 흔들림이 없었다. 아직은 창하도 모르는 살인마의 정체. 그러니 방성욱의 말을 곧이곧대로 전할 수는 없었다.

"손으로 소뿔을 뽑으면 최배달 아닙니까?"

"하긴 그런 수준이라면……."

행자부 장관과 청와대 수석이 중얼거렸다.

"그동안에 희생된 시신들의 손상 사진을 볼 수 있을까요?"

창하가 사진 담당 직원에게 물었다.

"보여 드리게."

과장이 주저하자 피경철이 가세했다. 어차피 벌어진 사달이니 믿고 가는 수밖에 없다고 판단한 것이다. 노트북이 세팅되고 컴퓨터실 전문가가 불려왔다. 그가 바로 창하 아버지 등에 찍힌 손자국의 모형을 맡아주기로 한 유수아였다.

타닥타닥!

작고 아담해서 인형처럼 보이는 여자. 그러나 그녀의 손은 키보드 위를 날아다녔다. 그러자 미궁 살인 부검 손상들이 화면에 올라왔다.

"손상 부위의 윤곽만 단순한 선으로 잡아서 표현해 주세요."

창하가 말하자 수아가 요청을 수행했다.

팟!

화면에 희생자들 손상 부위의 윤곽도가 떠올랐다.

"우우!"

다시 부검대가 출렁거렸다. 손상의 윤곽 이미지들, 약간의 차이가 있다. 굴곡과 간격이 차이가 나는 것. 시각적으로는 비슷해 보이지만 각각의 손상 부위를 겹쳐놓으니 확연하게 구분이 되었다.

손상의 사이즈는 주로 두 타입이지만 3번과 6번 희생자의 두 윤곽은 거친 흔적이 보였다. 어쨌든 윤곽들은 창하의 설명을 뒷받침하기에 무리가 없었다.

"아무리 그래도 그렇지 어떻게 맨손으로… 게다가 손상의 크기가 다르지 않나?"

권우재가 딴죽을 걸었다.

"이번에는 실물로 증명해 보이죠."

"실물?"

참관자들이 웅성거렸다. 원빈이 작은 상자를 열었다, 안에서 나온 건 살아 있는 닭이었다.

"닭?"

권우재가 눈살을 찡그렸다.

"지금 뭐 하자는 거야?"

그의 목에 힘이 들어가지만 피경철의 눈빛이 더 따가웠다.

'그냥 둬.'

눈빛에 숨은 언어였다. 권우재가 과장과 소장을 돌아본다. 고관들이 집중하고 있으니 소장도 창하를 말리지 못했다.

닭을 고정시킨 창하, 심장 부근에 가로 칼집을 넣더니 손을 들이밀었다. 그 안에서 꿈지락 손을 움직인 후에 스냅을 주니 심장이 딸려 나왔다.

"손을 넣어 심장을 잡은 후에 손가락의 힘으로 주변 혈관 등을 자르고 심장만 적출합니다. 손의 힘이 압도적으로 강하다면 가능할 수 있습니다. 붕어를 생각하면 이해가 쉬울 겁니다. 어린아이도 붕어의 내장에서 심장을 떼어낼 수 있죠."

창하의 손바닥 위에 닭의 심장이 팔딱거렸다. 심낭까지도 선명하게 보이는 상태였다. 그걸 내려놓고 닭의 배를 갈랐다.

"닭의 복강을 자세히 보십시오. 제 말이 맞다면 피살자의 내부 상황은 닭의 내부와 비슷할 겁니다. 완전히 똑같은 조건이 아니기에 조금은 다르겠지만 말입니다."

창하의 목소리가 부검실을 울렸다. 기상천외한 사인 분석을 내놓은 창하. 그러나 반박하기도 어려웠으니 모두가 넋을 놓을 뿐이었다.

제13장

—

전면에 나서다 I

"이 부검, 아예 이 선생에게 집도를 맡겨보면 어떻겠습니까?"

과감한 의견을 낸 건 피경철이었다. 그의 눈은 소장을 겨누고 있었다. 그냥 부탁이 아니라 강권에 가까웠다.

"선배님."

권우재가 반발하지만 대세는 창하 쪽이었다. 이해할 수 없는 결론. 그러나 손상의 단면과 함께 닭으로 증명하고 있으니 공감에 가까워졌다. 지금까지는 이런 진전조차 없었던 것이다.

"진행하게."

소장 지시가 떨어졌다. 고관들이 지켜보고 있으니 서열 따위 따질 수도 없었다.

"천 선생님, 우 선생님, 자리에 서세요."

전속 어시스턴트들을 원위치에 세웠다. 원빈의 어깨에 힘이 들어가는 게 보였다. 그건 창하와 함께라는 자부심이었다.

「67세의 희생자, 장기표」

"05시 20분 부검 시작합니다."

부검 선언이다.

외표에 이어 눈과 손발 등을 체크한다. 입을 벌려보고 확대경으로 체표의 털을 본다.

"……!"

고참 검시관들은 탐탁지 않다. 팩트는 심장 적출이었다. 그런데 한가롭게 체표의 털 관찰이라니. 그러나 창하는 시신을 뒤집어 등 쪽의 털까지도 꼼꼼히 체크를 더했다.

"큼큼."

권우재가 끝내 불편한 기색을 드러냈다.

그제야 창하가 메스를 잡았다. 칼집에서 나온 메스가 은빛 섬광을 튕겨냈다. 메스가 쇄골에 닿으니 시신 전체가 은빛으로 물드는 것 같았다.

운명의 소임과 만난 창하. 얼음장 같은 냉철함으로 절개를 실시했다.

사앗!

메스는 단숨에 골반 앞부분까지 내려갔다. 시신의 가슴이
시원하게 열렸다.

오장육부는 깨끗했다. 살찐 사람을 해부하면 노란 꽃이 가
득하다. 지방 꽃이다. 몸에 쌓인 지방은 곳곳에서 샛노란 꽃
을 피운다. 나이가 들면, 특히 복강 쪽이 그렇다. 하지만 피살
자의 복강에는 지방 꽃이 거의 없었다. 나이를 고려하지 않아
도 굉장히 건강한 체질이었다.

그 옆으로 닭을 가져다두었다. 비교하라는 의미였다.

소장이 다가섰다. 백 과장도 뒤를 이었다. 시신의 내부 장
기 상태를 보고 닭과 비교를 한다. 닭의 심장은 그냥 잡아뗀
게 아니다. 심낭까지 감싸 쥔 채 남은 손가락 힘으로 주변 혈
관을 눌러 끊어버렸다. 손이 들어가면서 주변 장기가 밀리긴
했지만 심각한 손상은 없었다.

"허어!"

상황은 놀랍게도 유사했다. 다른 것은 동맥과 정맥 등의 잘
린 길이뿐이었다.

찰칵!

사진 촬영이 끝나자 내장 기관을 들어내기 시작했다.

폐, 간, 담낭, 신장, 부신, 췌장…….

그러나 창하는 기본 순서를 어기고 비장부터 들어냈다. 백

과장과 권우재 등이 움찔거렸지만 피경철이 둘을 진정시켰다.

다음으로 폐와 간을 분리한다. 두 기관의 표면에 확대경을 들이댄다. 확대경을 치밀하게 들여다보는 창하였다.

내장 기관의 분리가 끝나자 정맥을 잘라 냄새를 맡는다. 그런 다음에야 광배를 바라보는 창하. 눈빛이 서로 통하니 광배의 전동톱에 전원이 들어갔다.

지이잉!

고요를 깨는 작동음과 함께 시신의 머리가 열렸다. 막을 걷어내고 뇌를 들어내더니 측두엽을 찾는다. 창하의 목적지는 편도체였다. 그걸 분리하는 것으로 부검은 끝이 났다.

"사망의 원인 심장 적출, 사망의 방식 살인."

창하의 선언이 나왔다.

참관자들의 시선은 일제히 창하에게 꽂혀 있다. 다음 설명을 기다리는 것이다.

"제 가설대로 설명하자면 심장 적출은 순식간에 일어났습니다. 전광석화라고 해야겠죠. 여기 이 비장이 증거입니다."

창하 손이 적출된 비장을 가리켰다.

"비장은 작은 혈관이 거미줄처럼 붙어 있는 기관입니다. 섬세하기 때문에 작은 충격에도 파열됩니다. 하지만 보시다시피 멀쩡합니다. 이는 가해자의 공격 속도와 해부의 정확도가 상상 이상임을 방증하는 예가 됩니다."

"그렇다면 졸피뎀이나 특별한 마취제 등의 약물이 나와야 성립이 되지 않겠나? 저항한 흔적조차 없이 얌전히 심장을 내준 셈이니."

백 과장이 합리적인 반론을 던졌다.

"약물은 없을 겁니다."

창하가 잘라 말했다.

"아직 분석 결과가 나오지 않았네."

"마찬가지입니다."

"이 선생."

권우재가 끼어들 때 연구원이 들어왔다.

"응급 혈액 분석 결과 이상 약물 검출은 없는 것으로 확인되었습니다."

"⋯⋯?"

연구원의 한마디에 백 과장 눈빛이 꺼져 내렸다.

"그렇다면 멀쩡한 사람의 심장을 꺼내 갔다는 뜻인가요?"

침묵하던 채린이 질문을 던졌다.

"일반적인 관점으로 접근한다면 최면 같은 것을 생각할 수 있겠지요. 하지만 이 사건은 일반적인 경우가 아님을 주지하셔야 합니다. 즉 그 일반성을 뛰어넘어야 범인의 실체와 가까워질 수 있다는 겁니다."

"⋯⋯."

"여기 폐와 간을 보십시오. 폐의 좌우 하단과 간의 상단에

미세한 상처가 보입니다. 이건 맨손이 이런 식으로 들어왔다
는 방증입니다."

창하가 손바닥으로 들이치는 자세를 취해 보였다.

"폐는 엄지와 새끼손가락에 긁혔고 간은 중지에 긁혔습니
다. 폐의 좌우엽 상처로 보아 범인은 왼손잡이 같습니다. 엄지
가 새끼보다 짧으니 상처의 길이도 짧습니다."

창하가 두 기관의 단면을 가리켰다. 소장이 직접 나서 확대
경을 들이댔다.

"허어!"

그가 경기를 일으킨다. 이어 백 과장과 피경철이 확인에 나
섰다.

"……!"

마지막으로 확인한 권우재도 표정이 콘크리트처럼 굳었다.
폐와 간의 표면, 미세하지만 흠이 있는 것이다.

"어렵겠지만 손이 자입될 때 접촉했을 손상 부위와 장기들
의 긁힌 부분에서 범인의 DNA 검출을 시도해 볼 수 있을 것
같습니다."

"그게 가능합니까?"

"혈액이 적게 묻은 조직 사면을 골라 샘플링을 하면 가능할
수 있습니다."

"아!"

반색하는 사람은 채린과 이장혁이었다.

"······!"

고참 검시관들의 입도 쩌억 벌어진다. 손상 부위와 내장 접촉 부위에서의 DNA 검출. 생각지도 못했던 방법이었다.

DNA가 희망이 된 걸까? 고관들의 긴장도 다소 누그러지고 있었다.

"다시 디테일로 갑니다. 보시다시피 시신의 육체와 내장 기관은 굉장히 건강한 상태입니다. 아마 앞선 희생자들의 내장 기관과 건강 상태도 유사했을 겁니다."

"범인이 건강한 사람만 노린다는 겁니까?"

이장혁도 질문에 가세했다.

"예."

창하의 대답은 주저가 없었다.

"한 가지 더 소견을 밝힌다면 범인은 피살자들과 굉장히 막역하거나 아니면 피살자들이 거부감을 느낄 수 없는 외모를 가진 것 같습니다."

"어떤 이유에서 그렇습니까?"

이번 질문은 채린이었다.

"다른 희생자들은 제가 부검하지 않아서 예단하기 어렵지만 이 피살자… 인체에 약물도 없고 저항의 흔적도 없습니다. 뿐만 아니라······."

창하가 피살자의 눈동자를 까보였다.

"보셨나요?"

"……."

"살인입니다. 목숨을 탈취당하는 것이죠. 공포심이 극한에
달하면 코르티솔이 쏟아지게 됩니다. 심장박동이 빨라지고
폐에 산소가 몰려들죠. 방광과 대장은 수축하며 몸의 내용물
을 밖으로 밀어내고 눈동자가 확대됩니다. 체온저하에 더불어
나아가 입안이 마르고 피부 근육이 수축하면서 털이 바짝 서
게 됩니다."

"……."

"유감스럽게도 이 시신에는 그런 징후가 나오지 않았습니
다. 발견 당시의 체온도 정상 범주였고 눈동자도, 털도 모두
정상이며 자율신경계를 관장하는 편도체도 큰 이상이 보이지
않았습니다."

"그럼 피살자의 주변 사람이란 말입니까?"

채린의 질문이 많아진다.

"그건 속단하기 어렵습니다만 범인의 신장은 유추해 드릴
수 있습니다."

"……?"

"희생자의 신장은 168㎝입니다. 사망으로 약간 수축되었을
테니 생전의 키는 170㎝ 정도 되었겠지요. 그렇다면 범인의 신
장은 177—180㎝정도로 추측됩니다."

"어떻게 유추한 겁니까?"

"손이 들어간 각도죠. 우 선생님."

창하가 원빈을 불러 앞에 세웠다. 바로 설명을 이어갔다.

"손은 회전 반경이라는 게 있습니다. 수도로 횡경막을 찌른다면 이런 자세가 되겠죠. 희생자가 범인보다 키가 작다면 손바닥은 하향으로 향하고 크다면 상향각을 이루게 됩니다. 그런데 지금 이 희생자의 경우에는 손이 들어간 각도가 약간 하향입니다. 범인이 희생자보다 조금 큰 키를 가졌다는 추론이 가능해지는 이유입니다."

"하지만 두 번째 희생자는 여섯 살 아이였습니다."

채린이 핸드폰 화면을 내밀었다. 부검 사진을 일일이 가지고 다니는 모양이었다. 여섯 살 아이의 횡경막 아래의 손상이었다. 부검 중의 사진도 나왔다. 오늘의 부검보다는 손상의 사이즈가 작은 케이스. 공격 각도는 살짝 하향이었다.

"저는 이 부검의 경우를 말하고 있는 겁니다."

"그렇다면 여섯 살 희생자의 경우에는 범인이, 몸을 숙인 자세로 수도를 찔렀다고 이해해야 하는 겁니까?"

"제 생각은······."

창하의 말이 끊어졌다. 모두의 시선이 창하에게 쏠려 있었다. 따가운 집중이다. 아직은 하나의 가설에 불과했다. 그러나 헛발질만 하던 종전보다는 진일보한 부검이었다. 그런 창하였으니 그의 생각을 듣고 싶은 것이다.

"이 선생."

백 과장이 창하를 바라보았다. 너무 오버하지 말라는 경고다. 그러나 청와대 수석의 목소리가 과장의 우려를 밀어 냈다.

"일단 들어봅시다."

그 목소리가 묵직하니 누구도 이의를 달지 못했다.

창하의 시선이 소장에게 닿았다. 소장은 완고하다. 청와대 수석을 시작으로 경찰청장까지 참관한 부검. 작은 실수 하나도 커다란 질책으로 내리꽂힐 우려가 높은 자리였다. 그러니 창하의 발언에 신경을 쓰지 않을 수가 없었다.

창하의 시선은 피경철과도 만났다.

끄덕!

오직 그만이 눈빛으로 창하를 격려했다. 아니, 광배와 원빈의 눈빛도 그 위에 쌓였다. 마음을 정한 창하가 뒷말을 이어 놓았다.

"그동안 희생된 사람들의 손상 부위 윤곽도를 전부 재구성해 봐야 알겠지만 범인은 한 명이 아닌 것으로 판단됩니다."

"……!"

펑!

핵탄두가 터졌다. 그건 정말이지 핵탄두급 선언이었다. 한 명의 살인마로도 민심이 흔들리는 판에 한 명이 아니라니…….

"그럼 다수라는 겁니까?"

채린이 그냥 넘어갈 리 없다.

"저는 단지 이 한 명의 부검만을 했을 뿐입니다. 나머지는 직접 봐야만 정확한 판단이 가능할 것으로 봅니다."

"범인은 사이코패스 쪽입니까?"

행자부 장관이 물었다. 소리 없는 심장 적출 살인마. 그렇 잖아도 항간에 떠돌던 말이었다. 일부 인터넷 언론에는 대놓고 사이코패스로 몰아가는 기사도 나오고 있었다.

"제 생각에는 아닌 것 같습니다."

창하의 답변은 단호했다.

"그렇다면 왜 심장만 떼어가는 겁니까? 프랑켄슈타인처럼 몬스터라도 만들려는 겁니까? 경공술에 은신법까지 써가면서요?"

"황당하게 들리겠지만 부정할 수도 없는 일 같습니다. 이상입니다."

창하가 설명을 마쳤다. 검시관들과 참관자들이 웅성거린다.

그러나 창하는 남은 일을 할 뿐이다. 부검의 역순은 시신의 수습이다. 꺼낸 내장을 넣고 두개골의 뚜껑을 맞추고 봉합을 한다. 소중한 정보를 준 시신. 이제 기다리는 가족 품으로 돌아가야 하기 때문이었다.

"회의 좀 하죠."

청와대 수석이 현장 정리를 했다. 그가 소장, 과장을 앞세우고 나갈 때 채린이 의견을 던졌다.

"대책 회의에 이창하 선생님도 참석시켜 주십시오."

창하의 눈빛처럼 묵직한 목소리였다.

『부검 스페셜리스트』 2권에 계속…